拙者、妹がおりまして❻

馳月基矢

双葉文庫

目次

主な登場人物

白瀧千紘（一九）

勇実の六つ下の妹。兄の勇実を尻に敷いている。足が速く、よく笑い、せっかちというか騒々しい。気が強くて、世話焼きでお節介。機転が利いて、何事にもよく気づくのに、自身の恋愛に関しては鈍感。

白瀧勇実（二五）

白瀧家は、家禄三十俵二人扶持の御家人で、今は亡き父・源三郎（享年四六）の代に小普請入り。勇実は長男。母は十の頃に亡くしている（享年三二）。読書好き。のんびり屋の面倒くさがりで出不精。父が始めた本所の手習所（矢島家の離れ）を継いでいる。

亀岡菊香（二一）

猪牙舟から大川に落ちたところを勇実に助けられた。それがきっかけで千紘とは無二の親友に。優しく、芯が強い。剣術ややわらの術を得意とする。長いまつげに縁どられた目元や、おっとりした物腰が美しい。

矢島龍治（二三）

白瀧家の隣家・矢島家にある矢島道場の跡取りで師範代。細身で上背はないものの、身のこなしが軽くて腕は立ち、小太刀を得意とする。面倒見がよく、昔から兄の勇実以上に千紘のわがままをきいてきた。

矢島与一郎（四七）…… 龍治の父。矢島道場の主。
矢島珠代（四四）………… 龍治の母。小柄できびきびしている。
亀岡甲蔵（四九）………… 家禄百五十俵の旗本。小十人組士。菊香と貞次郎に稽古をつけている。
亀岡花恵（四二）………… 甲蔵の奥方。
亀岡貞次郎（一五）…… 菊香の弟。姉とよく似た顔立ち。父の見習いとして勤めに出ている。
お吉（六四）……………………… 白瀧家の老女中。
お光（六四）……………………… 矢島家の老女中。
おえん（三七）………………… かつて勇実と恋仲だった。

イラスト／Minoru

大平将太(一九)……生家は裕福な家系。千紘と質屋の跡取り息子・梅之助と同い年の幼馴染み。かつては扱いの難しい暴れん坊だったが、龍治の導きで落ち着いた。六尺以上の長身で声が大きい。

岡本達之進……山蔵に手札を渡している北町奉行所の定町廻り同心。年は四〇歳くらい。細身の体に着流し、小銀杏髷が小粋に決まっている。からりとした気性で町人に人気がある。

山蔵(三六)……目明かし。蕎麦屋を営んでいる。年の割に老けて見える。もともとは腕自慢のごろつき。矢島道場の門下生となる。

伝助(三二)……山蔵親分と懇意の髪結い。細面で、女形のような色気がある。

井手口百登枝(六七)……千紘の手習いの師匠。一千石取りの旗本、井手口家当主の生母。両国橋東詰に建つ広い屋敷の離れに隠居して、そこで手習所を開いている。博覧強記。

おユキ(一五)……百登枝の筆子。

井手口悠之丞(一七)……百登枝の孫。井手口家の嫡男。

酒井孝右衛門……小普請組支配組頭。年は六〇歳くらい。髪が薄く、髷はちんまり。気さくな人柄で、供廻りを連れずに出歩くことも多い。

尾花琢馬(三〇)……支配勘定。勘定所に勇実を引っ張ろうと、ちょくちょく白瀧家に姿を見せる。端整な顔立ちで洒落ている、元遊び人。

遠山左衛門尉景晋……勘定奉行。白瀧源三郎のかつての仕事ぶりに目を留める。

深堀藍斎(三一)……蘭方医。

志兵衛……日本橋の書物問屋「翰学堂」の店主。四五歳くらいの男やもめ。

佐助……勇実と龍治の行きつけの湯屋・望月湯の番犬。茶色の毛を持つ雄犬。

勇実の手習所の筆子たち

海野淳平(一二)……御家人の子。
久助(一一)……鳶の子。ちょっと気が荒い。
白太(一三)……のんびり屋で、絵を描くのが得意。
良彦(一一)……鋳掛屋の子。まだ細く高い声。
丹次郎(一〇)……炭団売りの子。
河合才之介(九)……御家人の子。
十蔵(九)……かわいらしい顔立ち。
乙黒鞠千代(九)……旗本の次男坊。頭がいい。

乙黒郁代……鞠千代の母。

拙者、妹がおりまして⑥

第一話　悩ましきは両手に花

一

篝火《かがりび》のそばでなくとも、すでにいくぶんか明るい。

日の出が近いのだ。文政《ぶんせい》六年（一八二三）の始まりを告げる初日の出である。

もうまもなく、新しい一年が始まる。

「千紘《ちひろ》さんは、あちらで見ていらっしゃい」

百登枝《もとえ》は千紘の手をそっと押しやった。あずまやの床几《しょうぎ》に腰掛けた百登枝は、白い息を吐いて微笑《ほほえ》んだ。

あずまやの脇で篝火が焚かれ、百登枝の足元には火鉢が置かれている。冷えた夜気《やき》の中、百登枝は綿入れにくるまり、襟巻《えりまき》を顎まで引き上げ、頭巾《ずきん》で耳も覆っている。

千紘は小首をかしげた。

「百登枝先生は？」

「わたくしは、ここにいるわ。ここが庭でいちばん暖かいのですもの。千紘さんは、あの橋まで駆けてお行きなさい。体を動かせば温まるでしょう」

「駆けてだなんて。百登枝先生はわたしにお転婆《てんば》なことをさせるのですね。わたし、幼い子供ではないのですよ」

千紘がちょっと膨《ふく》れてみせると、百登枝はおかしそうに顔をくしゃりとさせて笑った。ひそやかな笑い声には、喉《のど》の奥がひゅうひゅうと立てる音が交じる。

百登枝の骨張った手は、千紘が両手でさすったり包み込んだりしてあげても、どうしてもひんやりしたままだった。

体の弱い百登枝は、冷え込みのきつい刻限が最もつらいという。それだというのに、お正月だけはと張り切って、こんなに寒い朝に庭で初日の出を待っている。

千紘の心配げなまなざしを避けるかのように、百登枝は両手を袖の内側に引っ込めた。息遣いは少しせわしないが、咳《せ》き込む様子はない。

旗本の井手口《いでぐち》家の庭は、広いだけでなく、隅から隅まで手が込んでいる。百登《こ》枝が言う橋とは、小川を模した白い敷砂の上に架かる、赤い橋だ。扇《おうぎ》のような弧を描いている。

橋のたもとに人影が三つある。千紘の兄の勇実《いさみ》と、幼馴染みの龍治《りゅうじ》、井手口家の嫡男《ちゃくなん》の悠之丞《ゆうのじょう》である。年が明ければ十七になる悠之丞が、三人の中では最も背が高い。

行ってらっしゃい、と百登枝は千紘を送り出した。

千紘は小走りで三人のところへ向かった。新しい下駄《げた》は鼻緒《はなお》がきつい。敷石に下駄がからころと鳴ると、橋のたもとの三人は千紘のほうを振り向いた。

池にたっぷりと張られた水のためか、草木がふんだんに植えられているためか、庭の夜気はしっとりとしている。

空の宵闇《よいやみ》はそろそろ薄れ、透き通って、冬の星々が頼りなげな白い光を放っている。

千紘が橋のたもとに至ると、悠之丞が手招きした。

「こちらへ。この橋の真ん中が、いちばんよいのだ」

悠之丞の右手は半端《はんぱ》な高さに浮いたまま、ごまかすように宙を泳いで、刀の角度を直して体の脇に下ろされた。

その手は、本当は千紘のほうに差し出されようとしたのではないか。勘繰《かんぐ》った千紘だが、気づかなかったふりをした。

　橋の真ん中に立ち、悠之丞が指差すほうへ顔を向ければ、いちばんよいという言葉の意味がわかる。

　白《しら》んだ東の空が、建物に邪魔されることなく、まっすぐに見えている。人の背丈よりずっと高い生け垣よりも、庭の中央のこの場所のほうが少し高いらしい。

　去年は遠出をして、龍治と一緒に愛宕山《あたごやま》まで行った。朝日は海のほうから昇ってきた。波の上に薄い雲がかかっていたのを覚えている。

　悠之丞が照れくさそうに言った。

「庭にちょっとした山を築いたのも、この場所を最も高くして橋を架けたのも、今は亡き祖父なのだ。祖母が案を出し、祖父がそのように庭を造らせたらしい」

「百登枝先生の案で？　日の出を見るために、ですか？」

「初日の出を見るために、だ。正月の頃には、この橋の上に立つと、屋敷と屋敷の間から日が昇るのが見える。季節が変わるにつれ、少しずつ、朝日が顔を出す方角は移ろっていく」

「ああ、なるほど。そうですよね。日の長さが変わるだけではなく、お天道さまの通り道も変わっていくものですから」

「幼い頃、初めて元旦に早起きができた年に、ここに立って祖母からそれを教わった」

「若さまも百登枝先生の筆子のお一人だったのですね」

「父もだ。祖父もそうだと言えるかもしれない。祖父は、己よりも博覧強記《はくらんきょうき》の祖母のことを、自慢に思っていたそうだ。私も祖父の気持ちがよくわかる。祖母は素晴らしい人だから」

悠之丞はあずまやのほうを振り向いた。千紘もつられてそちらを向けば、百登枝が小首をかしげて微笑むのが見えた。

そのとき、ぱっと明るくなった。

朝日が昇る。白く輝く東の空はたちまちまぶしくなって、まっすぐに見ることが難しい。

「いいお天気」

千紘は掲げた手の指の隙間から、薄目を開けて朝日を拝んだ。そうするしかなかった。悠之丞が千紘を見つめている。目を合わせるのがためらわれた。ごまかしが利かないような気がした。

悠之丞が何か言葉を発しかけた。

それよりも大きな明るい声が、千紘の耳を打った。

「新しい一年だな！　明けましておめでとうございます！」

龍治である。橋のたもとから、ひょいと身軽に飛んできて、千紘ににっと笑みを向けた。と思うと、悠之丞に向き直り、折り目正しく武士らしい礼をする。

「今年もどうぞよろしくお願い申し上げます」

悠之丞は慌てて龍治に礼をした。

「私のほうこそ、剣術指南、今年もどうぞよろしく」

「びしびし鍛《きた》えますよ。鍛錬《たんれん》すればするほど、若さまはお強くなられる。伸び盛りってやつですね。教え甲斐《がい》があると、親父も言っていましたよ」

悠之丞の剣術の師は、龍治の父である与一郎《よいちろう》だ。近頃では龍治が代稽古《だいげいこ》をすることもある。

勇実も出遅れたが、悠之丞と新年のあいさつを交わした。それから千紘が悠之丞にあいさつの口上を述べたところで、龍治が千紘に告げた。

「千紘さん、もう日の出を拝むことができたんだ。百登枝先生を暖かいところにお連れしたほうがいいんじゃないか？」

「それもそうね」

千紘はあずまやのほうを振り向いた。

百登枝は神仏と語らうかのように、瞑目《めいもく》して朝日に手を合わせている。そばについた女中たちが百登枝の体を気遣ってそわそわしているのを、千紘も知っている。

千紘は目顔で悠之丞に許しを乞うた。悠之丞がうなずいたので、千紘は会釈をして橋から駆け出す。

龍治が千紘を呼び止めた。

「千紘さん」

「はい」

「今年もよろしく」

そういえば、まだ言葉を交わしてはいなかった。最初に笑顔をくれたから、もう話したつもりになっていた。龍治は微笑みひとつでも雄弁なのだ。

千紘は笑顔を返した。

「ええ。今年もよろしくお願いします。兄上さまもね」

「私はついでか」

いじけたようなことを言いながら、勇実は苦笑した。

「兄上さまがのんびりしているから後回しになるんです」

千紘は舌を出してみせた。


日頃は朝寝坊の白瀧《しらたき》勇実が日の出より前に起き出したのは、妹の千紘と幼馴染みの矢島《やじま》龍治の双方に、困惑した顔で頼まれたからだった。

井手口家の若さまである悠之丞に、初日の出を一緒に見ないかと誘われたらしい。誘いを受けたのは千紘だが、その場に龍治も居合わせた。

断る理由はないものの、困惑するには十分な誘いではあったようだ。千紘にとっても、龍治にとってもである。

千紘のほうが口数が少なく、わけも言わずに勇実に告げた。

「元旦は井手口さまのお屋敷に行きます。朝日を拝むの。もちろん兄上さまもよ」

何のことかと思っていたら、龍治が勇実に相談に来た。

「若さまは本気みたいだ。百登枝先生がお元気なうちにと考えているらしいんだよ」

「お元気なうちに、とは?」

龍治には珍しく、いくらか歯切れの悪い口ぶりだった。

「だから、つまり祝言《しゅうげん》を……千紘さんを妻に、という話をさ、進めたがってるみたいなんだ。まいったよ。ちょっと前まで、千紘さんに声を掛けることすらできずにいたのに」

「若さまは、千紘より二つ年下だったな。家格は釣り合わないが」

「そんなもの、井手口家がその気になれば、どうとでもできる。千紘さんを然るべき旗本の養女にしちまえばいい。なあ、それは勇実さんも困るだろう？　千紘さんが白瀧家の娘じゃなくなるってのは、いわば、妹が妹じゃなくなるってことだぞ」

「それは……確かに、そんなことになれば、どう受け止めていいか、わからないな」

妹が嫁いでいく日が来るのなら、兄である勇実が亡き両親に代わって、この白瀧家の屋敷から送り出してやりたい。そう思ってきたのだ。

千紘が、嫁ぐよりも先によその家の養女になるなど、勇実にとっては受け入れがたい。

正月を迎えれば十九になる千紘は、井手口家の大奥さまである百登枝の手習所で手伝いをしている。もっと幼い頃は千紘自身が百登枝の筆子だった。

千紘はいずれ手習いの師匠になりたいという。百登枝に憧れてのことだと千紘は言うが、父の影もあろうかと勇実は思う。

勇実と千紘の父、源三郎《げんざぶろう》は手習所を営んでいた。他界して四年余りになる。源三郎の死後は勇実が手習所を引き継いだ。勇実の手や目が届かないところは、世話焼きな千紘が何かと助けてくれもした。

龍治は、白瀧家の隣に屋敷を構える矢島家の跡取りであり、矢島家が営む剣術道場の師範代《しはんだい》である。勇実と千紘と龍治は、幼い頃から一緒に育ったようなものだ。

年明けには勇実が二十五になり、千紘は十九、龍治は二十三。いつまでも子供のままではいられないとはわかっている。

勇実も自身や千紘のことで、恋路や縁談にまつわる悩みを抱えたことがある。今なお悩みは晴れておらず、もつれた糸をどう解きほぐすべきかと、常々考えてもいる。

ここへ来て、御旗本の若さまが千紘にご執心だという。

「玉《たま》の輿《こし》というやつかな」

言ってはみても、勇実はちっとも喜べない。千紘や龍治と同じく、ただ困惑するばかりだ。

勇実は井手口家の若さまの人となりをあまり知らない。千紘や龍治を介して聞くぶんには、品行方正で学問に秀《ひい》で、祖母思いの優しい若者であるようだ。引っ込み思案なところはあるものの、近頃ではそれも克服できているらしい。

とにもかくにも龍治に頼み込まれ、勇実は元旦、早起きすることになった。

その実、ほとんど眠っていないだけだった。行灯《あんどん》のそばで読書をして夜を過ごすことはよくあるものの、大晦日《おおみそか》の夜は気が散って何も読めなかった。

本所相生町《ほんじょあいおいちょう》三丁目にある白瀧家の屋敷から、回向院門前《えこういんもんぜん》の南本所元町《みなみほんじょもとまち》にある井手口家までは、ほんの数町だ。

星明かりの下、龍治が提灯《ちょうちん》を手に、生け垣に形ばかり残る開きっぱなしの木戸をくぐって、勇実と千紘を迎えに来た。

稽古着姿ではない龍治を見るのは久しぶりだ。小袖は、きりりとした黒。こざっぱりと装えば、男ぶりがぐんと上がる。いくぶん小柄ではあっても、龍治は男前なのだ。

勇実が口を開くより先に、龍治が冗談めかして言った。

「へえ、珍しい。勇実さんが柄のある着物を選ぶとは。ちょっと派手な着物、似合うんだな。ぱっと華やかな感じになる。いい男じゃねえか」

「琢馬《たくま》さんに見立ててもらったんだよ」

勘定所《かんじようしよ》に勤める友人の名を挙げれば、なるほどと龍治はうなずいた。

女中のお吉《きち》に化粧を手伝ってもらっていた千紘が、ぱたぱたと出てきた。着物も帯も下駄も真新しいものを揃えている。

龍治は複雑そうな顔をした。

「千紘さんもずいぶん張り切ってるな」

「もちろん。百登枝先生とご一緒できるんだもの」

「百登枝先生のためか?」

「そうよ」

きっぱりと言った後、千紘は眉を曇らせ、声をひそめた。

「だって、今度が最後になるかもしれないって、百登枝先生がおっしゃるんですもの。初日の出を拝むのが、生きているうちで最後かもしれないって」

百登枝の年頃は六十代半ばと千紘から聞いている。養生論の流行もあって、八十まで矍鑠《かくしゃく》としている老人も少なくはないが、百登枝はそうではない。

どうやら不治の病を抱えているらしい。この一年ほどは手習所を十分に開くことができず、五と十のつく日だけ集まるという約束になっていた。

慕わしい師匠に「最後かもしれない」と言われ、確かにそれを目の当たりにしていれば、できることをしてあげたいと思うのが人情だろう。

龍治が、ため息と変わらないほどのひそやかな声音《こわね》で言った。

「若さまもそうなんだよな」

道中では気掛かりそうに黙りこくっていた龍治だが、井手口家の門をくぐって悠之丞に迎えられたとたん、ぱっと明るく頼もしげな顔つきになった。

龍治は悠之丞から先生と呼ばれている。剣術の師匠として、暗い顔も不安げな様子も見せまいと心に決めているらしい。その気持ちは、手習いの師匠を生業《なりわい》としている勇実にもよくわかる。

しかしながら、ついにと言おうか。

龍治は、剣術の師範代ではなく、一人の男としての率直なところを、悠之丞に見せる覚悟を決めたようだった。

百登枝のところへ駆けていく千紘の後ろ姿を、悠之丞は目で追っていた。

龍治が、ひどく硬く低い声で問うた。

「若さまは千紘さんに惚れていらっしゃるんですよね?」

悠之丞は、はっと目を見張り、黙ってうなずいた。

龍治は、あんたは黙っていてくれと釘を刺すように勇実をちらっと見やると、悠之丞への言葉を重ねた。

「縁談があっても、首を縦に振ろうとなさらないそうですね。聞き分けのいい若さまが唯一、どうしてもと意地を張っておられるのが縁談の件ですよね。それは、千紘さんのことを一途《いちず》に想っておられるからだ。困ったお人ですね」

悠之丞は思わずといった様子で、一歩、後ろに下がった。橋の欄干《らんかん》に刀の鐺《こじり》が触れた。

「唐突にどうしたのだ? 誰かに説教をしてくれと頼まれたのか?」

「いいえ。頼まれたわけじゃありません。俺が自らの意思で、若さまのお気持ちを確かめようと、こうして問うているんですよ」

「気迫に押されてしまう。まるで立ち合いをしているかのようだ」

「立ち合いだとするなら、俺のほうがずっと有利でしょうね。幾人もの人から話を聞いてあれこれ調べて、すでにまわりをすべて固めた上で、この話を持ち出してるんですから」

悠之丞は、気弱な苦笑を頰に浮かべた。

「なぜ急にこんな話を？」

龍治の目は静かだった。よく笑う男が、今はひとかけらの笑みをも排している。

「俺も必死だってことですよ。若さまは幼い頃、慣れない相手と話をするとか、人前に立つのが本当に苦手で、張り詰めた後はいつも知恵熱を出しておられた。その中でも平気な相手、会いたがる相手がいて、それが千紘さんだったそうですね」

「そんな昔のことを誰に聞いたのだ？」

「百登枝先生に。わけを話して頭を下げて、若さまのことや井手口家での千紘さんのことを、あれこれ聞かせてもらいました。一方、若さまは、俺みたいに図々しく人に話を聞いて回って策を練るなんてことは、なさっていないんでしょう」

悠之丞は、いつの間にかうつむけていた顔を上げた。戸惑っている。

「龍治先生」

「先生と呼んでいただきたい場面じゃあないですね。俺はちょっと卑怯な立ち回りをしている。でも、騙《だま》し討ちをしたいわけでもないんで、今だけ、一度だけ、はっきりと申し上げます。俺は、若さまに千紘さんを取られたくない」

悠之丞は嘆息《たんそく》した。

「やはり、そうなのか」

「はい」

「ずっと前から？」

龍治はうなずいた。

「道場の連中は皆、俺と千紘さんの仲を冷やかしてくるんですよ。許婚《いいなずけ》だと誤解されることも多い。俺の覚悟なんかそっちのけでね。男としては、きちんと腹を括《くく》って、己の言葉で気持ちを伝えなけりゃと思ってるのに。この話、ご存じありませんでしたか？」

「知らなかった。私には、そんな話を気軽に交わせる相手がいない。ちょっとした笑い話をしてくれるのは、祖母を除けば、龍治先生だけだ」

龍治はつかの間、空を仰いだ。ため息が白く漂った。朝の空は薄青く澄んでいる。

改めて悠之丞を見つめた龍治は、低い声で告げた。

「こんな話をして、若さまと仲違《なかたが》いしたいわけじゃあないんです。むしろ、若さまに嫌われたくないと思ってる。恨みっこなしだと言っておきたいから、こんな話をしてるんです。うやむやにしておきたくないんですよ」

「わかっている。はっきりと知らせてもらえてよかった。だって、龍治先生は私に何も告げぬまま話を進め、ある日突然、千紘どのと祝言を挙げると言って私をどん底に突き落とすことだってできたはずだ」

龍治は目を丸くした。

「いや、逆でしょう？　ある日突然そんなふうにことを運べるのは、若さまのほうだ。井手口家に縁談を申し込まれたら、小普請《こぶしん》入りの白瀧家も矢島家も、否とは言える立場にはないんですから」

悠之丞は首を左右に振った。

「無茶だ。家柄を比べれば、そういう話になってしまうかもしれぬが、道理の通らぬ話の進め方をしては、千紘どのは納得しないだろう。お祖母さまもきっとお悲しみになる。それでも我を通すなどという大それたことは、私にはできない」

龍治が勇実を振り向いた。

「こういうことだ。千紘さんが不幸せになるようなことは、若さまも俺もやらない。だから、勇実さんも恨みっこなしだぜ」

悠之丞は唇を嚙み、まっすぐに勇実にまなざしを向けてくる。

なかなか相手と目を合わせられない人だと、剣術の師である与一郎は悠之丞を評していた。その臆病なところさえなくなれば強くなれる、剣術の筋そのものは悪くないのだが、と。

今、悠之丞のまなざしに、挑みかかるような激しさはない。しかし、嘘をつきたくはないのだと訴えるような切実さがあって、勇実は好感を覚えた。

勇実も率直に言った。

「兄としての立場で話をするなら、妹を巡って男二人が相論《あいろん》ずるのを聞かされるのは複雑だ。が、白瀧家の当主の立場で言えば、信頼できる縁談が望めるのだから、ほっとしている」

千紘がどんな道を選ぶのかわからない。勇実にできるのは、どうか千紘が傷つけられることのないようにと、祈ることだけだろう。

二

正月一日、武家の当主にはなすべきことがある。

朝一番にきちんとした格好で、井戸の水を汲む。これを若水《わかみず》という。井戸には注連縄《しめなわ》をして、手桶も新調するものだ。汲んだ若水で梅と大豆と山椒《さんしょう》を煮て、福茶を作る。これを家族で飲み、客があれば振る舞う。

勇実もここ数年は形ばかり、その務めを果たしてきた。筆子やその親の中にはまめな者もいて、勇実のようなぐうたらな師にも、わざわざあいさつに来てくれるのだ。だから、福茶だけでなく、ちょっとした菓子も用意しておく。

龍治のほうは両親が取り仕切るとはいえ、剣術道場を通じた人脈がかなり広い。正月は客がひっきりなしで、なかなか忙しいものだ。

勇実も龍治も井手口家を早めに辞するつもりでいたが、引き留められてしまった。井手口家の当主の彦左衛門《ひこざえもん》から、少しだけ話をしたいと持ち掛けられたのだ。

百登枝の住む離れへと顔を出した彦左衛門は、かしこまってお辞儀をする勇実たちに面《おもて》を上げさせた。

「龍治どのには愚息の剣術を指南してもらっておる。千紘どのには母の話し相手になってもらっておる。じかに顔を合わせ、礼を述べたかったのだ。悠之丞の父として、母の息子としてな」

彦左衛門は、すらりと上背《うわぜい》があった。書院番組頭《しょいんばんくみがしら》に就いており、ひどく多忙であるらしい。千紘も龍治も、これほど近くで顔を合わせるのは初めてのようだ。

むろん勇実は彦左衛門の顔を知らなかったが、なるほど悠之丞は父親似である。背格好も顔立ちも、はっきりと血のつながりを感じさせる。

彦左衛門のきびきびとした話しぶりは、百登枝に似ている。勇実は百登枝ほどの博識家をほかに知らない。それでいて百登枝は博学を鼻にかけることもなく、何にでも好奇心で目を輝かせる伸びやかな人だ。

悠之丞は父の傍《かたわ》らできちんと背筋を伸ばしていた。

彦左衛門を交えての歓談は、ほんの短い間のことだった。すぐに用人《ようにん》らしき五十絡《がら》みの男が彦左衛門と悠之丞を呼びに来た。

「殿、松井《まつい》さまがお見えです」

「おや、わざわざ朝から来てもらうまでもないと伝えておいたはずなのだが。松井どのは昔から、いささかせっかちなところがあるからなあ。正月くらいのんびりすればよいのに。やれやれ」

彦左衛門は、旗本の当主に似つかわしくない、軽妙な口ぶりで嘆いてみせた。用人が咳ばらいをして咎《とが》めるも、彦左衛門はどこ吹く風である。悠之丞は自分が咎めを受けたわけではないのに、気まずそうに顔を強張《こわば》らせ、目を泳がせた。

当主と悠之丞が離れを立ち去ると、百登枝は言った。

「松井さまはこのすぐ近くにお屋敷があって、わたくしの夫の代から親しくさせてもらっているのですよ。我が家とは違って、きっちりしていらっしゃるから、これから詰所《つめしょ》にお出になるのではないかしら。その途中で、顔を出してくださっているのでしょう」

勇実も松井家の噂は聞いていた。

「私や龍治さんの友人が、松井さまのお屋敷に出向いて、ご子息たちの剣術指南を務めているんですよ」

龍治が話を引き継いだ。

「田宮心之助《たみやしんのすけ》さんといって、うちの道場の門下生なんです。今でもよく稽古に来るんで、松井さまの話もうかがってますよ。松井さまのお坊ちゃんは、若さまとも親しいんでしょう？」

百登枝は小首をかしげた。やんわりとした笑みは、苦笑だろうか。

「親しいと言えたらよいのでしょうけれど。悠之丞はあのとおり引っ込み思案で、松井家のご兄弟のようにわんぱくなことは何ひとつできませんからね」

わんぱく、という言葉に込められた含みを、勇実は感じ取った。

「ひょっとして、若さまは松井さまのご子息たちが苦手なのでは？」

「ええ、勇実さん。悠之丞にとって松井家のご兄弟は、ちょっと付き合いが難しい相手のようです。けれども、時が経つにつれ、あの子も体が大きくなって力も強くなってきましたもの。やられっぱなしということも、きっとなくなるわ」

千紘は眉をひそめた。

「そのおっしゃりよう、若さまは松井家のご兄弟にいじめられておられるのですか？」

百登枝は黙って微笑むばかりだ。千紘の勘繰りは当たっているのだろう。悠之丞の矜持《きようじ》を思えば、いじめられていると認めるわけにはいかない。

と、庭で声がした。

「今年も勝負しようぜ。勝ったほうが、負けたほうを一年間、子分にするんだ。

文句はねえよなあ？　だって、おまえはまだ俺の子分なんだもんな！」

柄が悪いと言うには、あまりに子供っぽい。声変わりが終わったばかりのような、ごく若い声だ。

龍治がぱっと立ち、離れの戸を開けて庭に出た。すぐに振り向いて、百登枝に問う。

「若さまが同じ年頃の二人に挟まれて困ってらっしゃるんだけど、あの二人が松井さまのお坊っちゃんたちですか？」

百登枝はうなずいた。

「そうでしょう。ちょっとお会いしないうちに大きくなられたみたい。松井さまの若君は、お父さまそっくりのお声になられたのですねえ。ついこの頃まで、子犬のように高い声で騒いで回っていらっしゃったけれど」

千紘は頬を膨らませた。

「体ばかり大きくなっても、おっしゃっていることは、子犬みたいな年頃のままですよ。子分だなんて、御旗本の若さまを相手に言うことじゃないわ」

「松井さまも一千石取りの旗本ですよ」

「旗本同士だとしてもです。品格というものがあるでしょう？」

「今の千紘さんの言葉、わたくしの愚息にも聞かせてあげたいわ。今でこそ、それなりに格好を取り繕《つくろ》えるようになっていますが、昔はわんぱくだったのですよ。松井家の殿も似たり寄ったりで、本当にねえ」

百登枝は思い出に浸るように、遠い目をして微笑んだ。彦左衛門のわんぱくぶりは、勇実にも何となく想像できた。

庭の若君たちの声はやまない。

「勝負だ、勝負！　俺が今年もおまえをこてんぱんにしてやるぜ！」

「し、しかし、侍同士で喧嘩などしてはならないと思う」

「馬鹿だな！　これは喧嘩じゃなくて、立ち合いの試合だよ。おまえが怖がるから、真剣でも木刀でもなく、竹刀《しない》で闘ってやる」

「でも」

「まあ、わざわざやらなくても、俺が勝つのは目に見えてるか。俺がこんな弱腰野郎に負けるはずがない。おまえは一生、この俺の子分なんだ！」

悠之丞を罵《のの》っているのは、松井家の兄弟のうち、兄のほうであるらしい。いいぞ兄上、と囃《はや》し立てる、まだ子供っぽい声が聞こえる。

勇実は腰を上げた。

「喧嘩にせよ立ち合いにせよ、十七かそこらの若者同士ですよね。力の使い方を誤れば、双方が怪我をします。ちょっと様子を見てまいります」

千紘も立ち上がった。

「わたしも行きます。百登枝先生は？」

「こちらで暖かくして過ごしていますよ。ああ、そうだわ。朝餉《あさげ》の代わりに、何かお菓子でもつまめるように、支度させておきますね」

百登枝の申し出に会釈して、勇実たちは離れを後にした。


松井家の兄弟は、兄が恭一郎《きょういちろう》、弟が仙二郎《せんじろう》というらしい。悠之丞付きの小者《こもの》が教えてくれた。小者は口出しも手出しもできず、離れたところから、はらはらと見守っていたのだ。

悠之丞は、勇実たちの姿を認めると、気まずそうに目を伏せた。

恭一郎は胡乱《うろん》な目を向けてきた。

「何だ、おまえたちは」

龍治が名乗った。

「矢島龍治と申します。剣術道場の師範代で、悠之丞さまの剣術指南も任されてます。さっき、立ち合いの試合がどうのこうのという話が聞こえたんで、飛んできたんですがね」

龍治はさりげなく立ち位置を変えて、千紘へと突き立てられる恭一郎のまなざしをさえぎった。

仙二郎が顎をしゃくると、恭一郎付きの小者が竹刀を二本抱えて進み出た。

恭一郎は偉そうに腕組みをして、悠之丞を振り向いた。

「おい、子分。今年一年ぶんの勝負をするぞ。素振りでもして体を温めたらどうだ？」

「……本当にやるのか？」

「怖《お》じ気《け》づいたか。まあ、そうだよなあ。師匠の前で恥をかくのは怖いだろう。それとも、そっちの女の前で恥をかきたくないわけか」

「や、やめてくれ」

「あっ、顔色が変わったな！　おいおい、誰なんだよ、その女。おまえの情人《いろ》とか言わねえよなあ？」

旗本の嫡男にしては品のない物言いだ。龍治が振り向いて苦笑してみせた。勇実も苦笑を返し、眉を逆立てている千紘に耳打ちした。

「大目に見てあげるといい。男には、行儀の悪い振る舞いのほうが格好いいと思ってしまう年頃があるものだ」

千紘は、そうね、と、うなずいた。

「兄上さまも妙に格好つけていた頃がありましたよね。妹のことはろくにかまいもせず、年上の恋人に夢中になったりして」

勇実は知らん顔をした。思い出せばむずがゆいが、触れられても、もう痛む傷ではない。その年頃をすっかり過ぎた、ということだろう。

恭一郎は、悠之丞に竹刀を押しつけた。

「勝負だ。まあ、結果は見えているけどな。どうせ今までどおりだ。この俺さまが、こんな弱虫に負けるはずもねえ」

「それなら、別に私は子分のままでも……」

「ああ？　聞こえねえなあ！　親父同士が親友だからって、俺がおまえに優しくしてやる義理はねえんだからな。おまえを見てると、いらいらするんだよ。うじうじしやがって！」

悠之丞はびくりと体を震わせた。

背の高い悠之丞と比べると、恭一郎は頭ひとつぶん小さい。その恭一郎に吠《ほ》え立てられて身をすくませる悠之丞の姿は、あまりに頼りない。情けない、と見る者もいるだろう。いらいらするという恭一郎の言《げん》にうなずく者もいるだろう。悠之丞の小者や井手口家の下働きの者たちが、そわそわと落ち着かなげに見守っている。

龍治が一つ、手を打った。ぱしんと小気味よく響いたその音は、その場を取り巻く嫌な気を祓《はら》ったかのようだ。

悠之丞ははっと顔を上げ、恭一郎は口をつぐんだ。

龍治は明るい声で言った。

「いいじゃないですか。年明け早々、一年の吉凶《きっきょう》をかけた真剣勝負だ。どちらが勝っても負けても恨みっこなしで、技を競う。元日の勝負事は縁起がいいんですよ。俺が立会人を務めましょう。さあ、お二方とも、戦支度《いくさじたく》をどうぞ」

恭一郎は鼻を鳴らして笑った。

「ふん。悠之丞、おまえ、すぐに恥をかくことになるぞ」

悠之丞は弱り切った顔で立ち尽くした。

恭一郎は腰の小《ちい》さ刀《がたな》を弟に預け、小者の手を借りて襷《たすき》をかけている。

龍治が勇実に言った。

「俺は立会人だから、出しゃばっちゃまずいよな。勇実さん、若さまの支度を手伝ってくれよ」

「承知した。千紘はそこにいなさい」

千紘がしゃしゃり出てしまえば、恭一郎はまた、悠之丞の情人だ何だと囃し立てるだろう。悠之丞は気まずい思いをするに違いない。

そのあたりのことは千紘も察しているようで、不満そうな顔をしつつも、おとなしくうなずいた。

勇実は悠之丞のほうへ歩み寄った。面と向かい合ってみると、十七の悠之丞のほうが勇実よりも上背があるようだ。まだ大人の体つきではないが、いずれがっしりしてくれば、たいそうな男前になるだろう。

悠之丞は無紋の羽織袴《はおりはかま》を身につけている。晴れ着でないのは、千紘や龍治を招いての初日の出見物では堅苦しい格好などしたくなかったのだろう。

すっ飛んできた小者が悠之丞の羽織を預かった。袴の裾は、足捌《あしさば》きの邪魔にならない程度に短い。もう少し長くてもよさそうなものだ。若さまはどんどん背が伸びられるから、と小者は言い訳のように述べた。

勇実は悠之丞の目を見て告げた。

「若さま、こうなってはもう後に引けませんよ」

「し、しかし……」

蚊の鳴くような声である。悠之丞は助けを求めるように龍治を見たが、龍治はちらっと笑みを向けただけだ。

何となく、勇実はぴんときた。龍治が悠之丞に言ってやりたいことがわかった気がしたのだ。勇実は声をひそめ、ほかの誰にも聞こえぬよう、悠之丞に告げた。

「若さまは十分にお強いはずですよ。そうでなければ、龍治さんはもっと若さまの世話を焼きます。日頃の鍛錬のままに動けば、たやすく負けるようなことはない。龍治さんはそう確信しているから、立ち合いの勝負を促しているのです」

悠之丞は目を見張った。

「本当にそうだろうか？」

「龍治さんは、剣術に関しては決してお世辞《せじ》を言いません。稽古のときは、根が優しい割りに厳しいことも口にするでしょう。その龍治さんが、若さまのことをしょっちゅう誉めているんですよ。どんどん伸びている、急激に強くなってきている、と」

勇実は多少の無礼を承知で、悠之丞の両肩をつかんだ。まっすぐ正面から向き合って、悠之丞のまなざしをつかまえる。

「そう、相手の目を見るんです。睨《にら》まれても、笑われても、からかわれても、勝負をする間は、相手の目から逃げてはいけません。あとは落ち着いて、普段どおりに技を振るうだけです」

「立ち合いなど、ほとんどやったことがない。年に一度か二度、恭一郎どのに勝負を挑まれて、どうしてよいかわからぬままに負ける。その繰り返しだった」

「では、今日初めて勝ちましょう。大丈夫です。若さまは震えてもおられない。私も立ち合いは苦手で、どうしても人前で勝負をせねばならぬときは手が震えて困るのですよ」

「武者震いというのではないのか？」

「どうでしょうね。武者震いだと己に言い聞かせてはみるのですが、包み隠さず申せば、ただ震えてしまうだけです」

悠之丞は少し微笑んだ。

「勇実どのでも、そうなのだな」

「ええ。誰だって、震えるときはあるんです。若さまだけではありません。ですから、怖がらないで大丈夫。震えながらでも、ちゃんと立ち向かっていけるものです」

悠之丞は深呼吸をすると、勇実の手をそっと叩いて、両肩から下ろさせた。しっかりと力を込めてうなずき、恭一郎の小者が持ってきた竹刀を受け取った。

すでに恭一郎はびゅんびゅんと音を立てて素振りをしている。

恭一郎はなかなか身が軽いようだが、浮き足立っているようにも見える。ぴょこぴょこと体の軸がぶれているのだ。重心が丹田《たんでん》よりも高いのも気になる。

勇実は心之助が苦笑していたのを思い出した。松井家の兄弟は、指南したことをまじめに聞くときとそうでないときがあって、まじめなときは技の冴《さ》えを見せるものの、むらがあるという。伸びしろがあるだけにもったいない、と心之助は嘆いてもいた。

悠之丞は竹刀を正眼に構え、二、三度、振った。型どおりの丁寧な面打ちだ。決まれば、ずしりと重い一撃になるだろう。

恭一郎は、振り回した竹刀の切っ先を悠之丞に向けた。

「さあ、勝負だ、のろまめ！」

悠之丞は黙ってうなずいた。井手口家の下働きの者たちが各々《おのおの》祈りや声援を口ずさんだようで、庭にちょっとしたざわめきが起こった。

勇実は千紘の傍らに下がった。

恭一郎が胸を張って言い渡した。

「潔《いさぎよ》く一発勝負で決めよう。怪我をしたくなければ、初めに降参するんだな」

悠之丞は静かに告げた。

「降参などしない」

そして竹刀を正眼に構えた。

恭一郎は嬉々《きき》として八双《はっそう》に構える。

龍治が、始め、と声を掛けた。

恭一郎は威嚇《いかく》するように、えい、えいと叫ぶ。悠之丞は揺るがない。

緊迫感が庭に満ちる。二人の若武者の吐く息が、晴れた朝の空気の中、白く漂う。

焦《じ》れて先に動いたのは恭一郎だった。竹刀を振りかぶって突進する。勢いのよい袈裟《けさ》斬りが悠之丞に向けて放たれる。

悠之丞は滑るように半身を引いた。と同時に、恭一郎の袈裟斬りを竹刀で受け、力を受け流した。

攻撃の勢いを殺《そ》がれた恭一郎が、すかさず切り返して鍔迫《つばぜ》り合《あ》いに持ち込む。

「悪手《あくしゅ》だ」

勇実がつぶやいたときには、鍔迫り合いの均衡《きんこう》は崩れていた。

背の高い悠之丞が踏み込みながら竹刀を押すと、恭一郎はたやすく吹っ飛んだ。尻もちをついた恭一郎は、何が起こったのかわからない様子で目を見開いた。

悠之丞がさらに一歩、踏み込む。

ひゅっ、と竹刀が唸る。

振り下ろされる一撃は、恭一郎の頭上で寸止めされた。

「一本！　そこまで！」

龍治が晴れやかな声を上げた。

悠之丞の勝利である。

恭一郎は悠之丞を睨みつけると、腕で竹刀をはねのけて立ち上がった。

「ちくしょう！　のろまのくせに！」

悠之丞は唇を嚙んだ。半歩、足が下がった。声は小さいままだった。それでも言い返した。

「確かに私はのろまだ。それでも、今年は私の勝ちだ」

恭一郎は竹刀を投げ捨てると、きびすを返した。襷をむしり取りながら、荒々しい足取りで立ち去っていく。

仙二郎が、ちらちらとこちらを気にしながら、恭一郎の後についていった。小者が慌てて竹刀を拾い、ぺこぺこと頭を下げ、襷を拾って恭一郎たちを追い掛ける。

龍治は我がことのように嬉しそうだった。

「やりましたね、若さま！　見事でした！」

千紘もにこにことうなずいた。悠之丞付きの小者は涙ぐんでいる。下働きの者たちも、ほっとした顔である。

悠之丞は皆を見やると、へなへなと座り込んだ。

「本当に、勝ってしまった」

龍治はしゃがんで、悠之丞と目の高さを揃えた。

「よくできました。俺がいつも言うこと、嘘じゃなかったでしょう？　若さまはお強いんですよ。嫌な相手を真っ向から倒すことができたじゃないですか」

「力を競って、その強さで人を従えるのは、好きではないのだ。私自身がずっと、そのせいで苦しんできたから。でも今、勝つことができて、やり返すことができて、嬉しいと思っている。嫌いなはずの、力の強さを見せつけるというやり方を、喜んでいる」

千紘が龍治の隣にしゃがんで、悠之丞の目を見た。

「難しく考えなくてもいいのではありません？　若さまは侍としての矜持を守って闘い、勝ったのですもの。胸を張ってよいことですよ」

「そうだろうか」

「勝てるとわかっている相手に力を振るうのは駄目です。松井家の若さまは、自分が負けるはずがないと信じ込んで、若さまをいじめておられたでしょう？　でも、若さまは逆です。自分より強いかもしれない相手に立ち向かったんです。勇敢でしたよ」

悠之丞はまぶしそうな顔をした。

「ありがとう」

そう言うのが精いっぱいだったようで、みるみるうちに真っ赤になって、うつむいてしまった。

三

正月三日、まだ勇実は手習所を開けていない。筆子が遊びに来るかもしれないな、と思いつつ、寝正月を決め込んでいた。

昼下がりである。

火鉢のそばでうとうとしていると、女中のお吉が来客を迎える様子が伝わってきた。誰だろうか。来客の声は控えめで、どうも様子がわからない。

千紘の客だろうか。だとしたら、申し訳ないが無駄足だ。千紘は矢島家の奥方、珠代《たまよ》と一緒に出掛けている。

あるいは、もしかして。

年末は二十八日に「よいお年を」と言って別れたきり、年が明けてからまだ会えずにいる、あの人ではないか。

年賀のあいさつにかこつけて会いに行っても、取り立てておかしなことではないはずだ。だから八丁堀《はっちょうぼり》まで足を延ばすくらい、ぐうたらな勇実でもわけはない。

起きているとも夢心地ともつかない中で、ぼんやりとそんなことを考えていたら、いつの間にか気配がすぐそばにあった。

「勇実先生」

遠慮がちにささやく声に、どきりとする。

慌てて目を開ける。己の顔をのぞき込む、長いまつげに縁取《ふちど》られた二つの目。

「き……」

菊香《きくか》さん、と口走りそうになったのを、すんでのところで止めた。

勇実の目の前にいたのは、亀岡《かめおか》菊香ではない。菊香の弟の貞次郎《ていじろう》である。

今年で十五になった貞次郎は、顔立ちにあどけなさが残っており、声もいくぶん細い。まだ大人になりきれていない姿は、姉の菊香を彷彿《ほうふつ》とさせる。

とはいえ、元服して一年になる旗本の若殿を女と見間違えたのは失礼もいいところだ。勇実は咳払いをし、居住まいを正した。

「新年早々、だらしないところをお見せして、すまない」

「いえ、急に押しかけてしまって、こちらこそ申し訳ありません。明けましておめでとうございます」

「明けましておめでとう。ひょっとして矢島道場に？」

貞次郎は晴れ着ではない。継ぎの当たった稽古着で、腰に差しているのも木刀である。八丁堀から本所相生町までは、一里にいくらか届かないといった距離だ。その道中、駆けてきたのだろうか。貞次郎はうっすらと汗をかいている。

少しばつが悪そうに、貞次郎は稽古着の襟を整えた。

「鍛錬のために走ってくると嘘を言って、屋敷を出てきたんです。本当は、どうしても勇実先生に相談したくて」

貞次郎は年長者である勇実を立てて、丁寧な言葉を使ってくれる。が、実のところ、番方《ばんかた》で家禄百五十俵の旗本の亀岡家のほうが、ご公儀のお役に就いていない御家人の白瀧家よりも格が上だ。

家柄云々《うんぬん》にまつわる格式だとか礼儀だとか、そういうものは必要ないと、貞次郎もその姉の菊香も、頑固親父《がんこおやじ》然として見える亀岡家当主の甲蔵《こうぞう》さえも言う。

勇実はかつて、大川《おおかわ》に落ちてしまった菊香を助けたことがある。千紘や龍治の協力もあって、菊香は生き永らえ、家に帰ることもできた。

あれは知り合うきっかけに過ぎず、もはや恩義の貸し借りのようなものはない。そんなふうに勇実は思っているし、人懐《ひとなつ》っこい貞次郎も堅苦しくない付き合い方をしてくれる。

しかし、菊香はいまだに勇実に親しい顔を見せてくれない。嫌われて突き放されるのならあきらめがつくが、そういうわけでもないのだから難しい。

勇実は菊香に惹かれている。その想いを菊香の前で表に出そうとは考えていない。

実らない恋かもしれない。そのくらいが自分には似合いだ、とも思える。

女中のお吉がお茶を淹《い》れてきた。

「貞次郎さんは走っていらしたんですって？　喉が渇いたでしょう。おやつもお持ちしましたから、どうぞゆっくりなさってくださいまし」

六十を越えたお吉だが、体が健やかで働き者だ。

貞次郎はお吉にお辞儀をし、さっそくお茶で喉を潤《うるお》した。お吉が下がってから、慎重そうに口を開く。

「勇実先生にしかお願いできないことがあるんです」

「相談と言ったね。何だろう？」

貞次郎は、湯吞に残っていたお茶を勢いよく呷《あお》ると、一息に言った。

「見合いをしなければいけないのでついてきてください！」

貞次郎は肩で息をした。

「見合い？　貞次郎さんが？」

「はい。父の同輩が……いえ、私も見習いで小十人組の仕事をしていますから、私の上役とも言えますが……とにかくそのかたに娘さんがおられて、私と同年配なので、縁組をどうだろうかという話になって、父たちの上役も仲人《なこうど》になろうと乗り気なんです」

「よい話、と言っていいことではないかな。めでたいことだ」

貞次郎は、ふてくされたような顔で勇実を睨んだ。

「思ってもいないことを口にしないでください。勇実先生、自分の身に置き換えて、正直に言ってくださいよ。顔も知らないお嬢さんとの見合いですよ。気が重くてしょうがないって思いません？」

勇実は苦笑した。

去年、菊香が白瀧家に遊びに来ていたときに、たまたま勇実に縁談が舞い込んだことがあった。勇実はその場で縁談を断った。貞次郎もその件について知っているはずだ。

「私と貞次郎さんでは、事情が違うよ」

「どう違うんです？」

「私はね、昔、ある女の人をひどく傷つけてしまった。それっきり、いろんなことが怖くなってしまったんだ。男が誰かと所帯を持てば、相手の人生を背負うことになるだろう？　私にとって、それは大それたことなんだ。怖くて、とてもできない」

「勇実先生が縁談を断るのと私が見合いを嫌がるのでは、抱えたものの重さがまるっきり異なるって言いたいんですか？」

「経験があるほうが偉い、などと言うつもりはないよ。私にも十五だった頃はある。貞次郎さんの気持ちもいくらかはわかるつもりだ」

貞次郎は、わざとのように乱暴な仕草できんつばを口に放り込むと、むしゃむしゃやりながら言った。

「いちばん気分が悪かったのは、上役が私に耳打ちしたことなんですよ」

「何と言われた？」

貞次郎は声音を変え、作り笑いまで浮かべてみせた。上役の物真似だろう。

「十四、五ともなれば女を抱いてみたいと夢に見るだろう？　善は急げというやつよ。早く娶《めと》って早く抱けばよい」

勇実は思わず嘆息した。

「そういう冗談を親しくない相手から言われるのは、応えるな。いや、相手は親しいつもりでいるのかもしれないが」

「私に見合いの話が出ていると職場で話が広がると、似たり寄ったりの冗談をいろんな人から言われました。気持ちが悪くて、腹が立ちます」

「お父君は？」

「父が聞いていないときを狙って、こういう冗談を言われます。父は堅物《かたぶつ》だし頭に血が上《のぼ》りやすいし、腕も立ちますからね」

「貞次郎さんも怒ると怖いのにな」

「からかわないでください。ちょっと心配なのは、見合い相手のお嬢さんも似たようなことを言われているんじゃないか、ということですよ」

「言われているかもしれないね」

「じゃあ、見合い相手のお嬢さんも、見合いそのものに嫌気が差しているかもしれませんね。ただでさえ気が重いんだから、まわりも黙っていてくれればいいのに。勇実先生、こういうふうにからかわれるときって、どうすればいいんでしょう？」

「慣れるしかないのかなあ」

「嫌です。こんな気分の悪い話、慣れたくありません」

貞次郎は荒々しく言い放った。

十五という年の頃は自分の中がばらばらだった、と勇実は思い出した。女の体に関心がないわけではなかった。むしろ興味津々《しんしん》だった。龍治たち剣術仲間と黄《き》表紙《びょうし》を回し読みしたり、唐土《もろこし》の房中術《ぼうちゅうじゅつ》の書をこっそり読んだりしていた。

その一方で、自分自身が生身の女と、と思い描くのは、何か許せないような気持ちがあった。きれいじゃなくなる、と感じてもいた。

『好色一代男《こうしょくいちだいおとこ》』の世之介《よのすけ》や『金瓶梅《きんぺいばい》』のみだらな女たちのように、見も知らぬ他人が淫蕩《いんとう》にふけるのを、きれいなところから眺める。十五の頃の勇実には、それくらいがちょうどよかった。

さっさと「男」になった同輩もいた。誇らしげにその夜の自慢話を聞きながら、なぜそう迷いも悩みもせずに先へ進めたのかと、不思議でたまらなかった。

そんな繊細《せんさい》な子供だったのに、勇実はわずか三年ほどの間に、迷いや悩みなど、きれいさっぱり忘れてしまった。年上の女との恋に落ちたのは十八の頃だった。

貞次郎もおそらく、あといくらか時が経てば、これほど深く悩むこともなくなるのではないか。

だが、それを今ここで貞次郎に諭《さと》すのは、きっと正しくない。頭ごなしに言いくるめようとするのは、ずるくて残酷でお節介《せっかい》な年寄りのすることだ。頼ってもらった以上、勇実はそんなふうになりたくない。

勇実はお茶を飲み、初めのところに話を戻した。

「しかし、見合いについてきてほしいというのは、ちょっと無理があるんじゃないか？　私は貞次郎さんの兄弟でも親戚でもないんだぞ」

「それについては大丈夫です。表向きは見合いではないんですよ。父に連れられて花を見に行ったら、たまたま相手も親と一緒に花を見に来ていたからちょっとお茶を飲むことにして、それがきっかけで縁組が成りました、という体裁《ていさい》にするんです」

「貞次郎さんが知らないところで勝手に縁談が進んでしまうより、相手と話をする場が設けられるのは、気持ちが楽だろう？」

「勝手に縁談が進められるところだったんですよ。姉上が父を止めてくれたんです。あらかじめ知らせることなく縁組を決めてしまえば、貞次郎が怒るだろうって。貞次郎は家出してしまうかもしれない、とも言ったそうです。まったくですよ」

いらいらが治まらない様子の貞次郎は、さらにぱくぱくときんつばにかじりついている。

勇実は貞次郎をなだめた。

「縁談が決まっても、すぐに祝言を挙げるわけでもないだろう?」

「挙げません。少なくとも、私は姉上が嫁ぐより先に祝言を挙げるつもりはありませんから。とにかく勇実先生、お願いします。見合いについてきてください」

勇実は頭を搔いた。

「私が行って、何かできるだろうか?」

「味方がいるだけで心強いです。勇実先生なら、私が嫌だと感じることをきちんと受け止めてくれるでしょう? 黙って吞み込めとか辛抱《しんぼう》しろとか、言いませんよね?」

「まあ、私自身、黙って吞み込むことや辛抱することは嫌いだからな」

貞次郎は懇願するように言った。

「近くにいてくれるだけでいいんです。姉上も来ますから、勇実先生にとって悪い話ではないでしょう?」

勇実は菊香の名が挙がった途端、目を泳がせてしまった。

「それは……」

貞次郎は畳みかけた。

「来てくれますよね？　本当に、心から、困ってるんです。助けてください」

すがりつかんばかりに頼まれては、否とは言いがたい。

「わかった」

勇実はついに、そう答えた。

四

まだ肌寒い正月の半ばにも、咲く花はある。

冬のうちからつぼみをつけていた椿《つばき》。一年でいちばん初めに咲くため「花の兄」とされる梅。頭上だけではない。足元には水仙が白い清楚な花をつけている。

花の香りは、ふわりと甘い。香りを聞けば、冷たい空気が緩《ゆる》むような心地がする。

梅の名所で知られる向島寺島村《むこうじまてらじまむら》の百花園《ひゃっかえん》が、貞次郎の見合いの場だった。体裁としては、貞次郎が言っていたとおり、ただ花を愛《め》でるためにやって来ただけである。

勇実は約束の刻限より早く、百花園の門前にたどり着いた。貞次郎に恥をかかせぬよう、普段よりはいくらか上等な着物を選んでいる。派手ではないかとも思ったが、結局、元日に井手口家に行ったときと同じ格好だ。

多賀《たが》屋敷の跡地に百花園が造られたのは、今から二十年ほど前のことだ。梅が多く植えられているので「新梅屋敷《しんうめやしき》」とも呼ばれるが、梅だけではなく、季節の花がいつでも絶えないそうだ。舶来《はくらい》の珍しい草木もあるとは聞くものの、花に疎《うと》い勇実にはどれがそうなのか、きっとわからないだろう。

書見をしながら待っていると、やがて貞次郎たちがやって来た。

きちんと紋付《もんつき》の羽織袴を身につけた貞次郎は、いつもの快活さもどこへやら、何度もため息をついている。物憂げな顔つきのせいで日頃より大人びて見えた。すれ違う若い娘たちが、ちらちらと気にしている。

亀岡家当主の甲蔵は、お城の守りを担《にな》う番方にふさわしい、いささか古風な武《ぶ》辺者《へんもの》である。娘の菊香にまで竹刀を握らせ、稽古をつけていたという。おかげで、菊香の剣術の腕前も相当なものだ。男に生まれていれば、どれほどの剣豪になっただろうか。

菊香は、勇実より四つ年下の二十一。立ち居振る舞いは落ち着いており、もっと年増《としま》に見られることも多いらしい。

今日の菊香の装いはまさに、ずいぶん年増に見えるものだった。袷《あわせ》は薄墨《うすずみ》色。襟元や帯、巾着《きんちゃく》に青色を差しているほかは、彩《いろど》りはきわめて控えめである。

あいさつを交わしただけで、菊香は特に勇実に話しかけてはこなかった。今日の手筈《てはず》を記した書付《かきつけ》を、父と一緒になって確かめている。

貞次郎は父と姉から離れて、勇実の隣に来た。

「姉上の装い、地味でしょう？　自分はいつだって引き立て役でいいんだと言って、わざわざあの色の着物を仕立てたんですよ。仕立てるんなら、もっと華やかなものにすればいいのに」

「華やかなものも似合うだろうが、着物が地味なぶん、菊香さん自身がよく引き立てられていると思う。ああいう色合いを着こなすのは、かえって難しいらしいぞ。友がそう言っていた」

友というのは、いつもお洒落《しゃれ》な琢馬のことだ。琢馬がそれを口にしていたときはぴんとこなかったが、今の菊香の装いを見れば納得である。

甲蔵が先を歩き、貞次郎が続き、菊香が少し遅れて続いた。勇実はさらに遅れて歩き出した。貞次郎がだんだん下がってきて、いつの間にか勇実の隣に並んだ。

白梅《はくばい》は今が盛りのようだ。椿は終わり際で、樹上にあるものと足下に落ちたものが相半ばずつといったところ。

貞次郎は黙りこくっている。勇実の目は、少し前を歩く菊香についつい惹きつけられる。すんなりしたうなじ。きれいな形に結ばれた帯、細い腰。

甲蔵が、おお、と声を上げた。

「これはこれは久保田《くぼた》どの。花を見にまいられたのか。ここで会うとは奇遇ですな」

筋書きどおりの台詞《せりふ》である。読み上げているのが丸わかりの口ぶりに、貞次郎が深いため息をついた。

菊香がすっと退《しりぞ》いてきて、貞次郎の背中を押した。が、貞次郎は脚に根を生やしているかのように動かない。

久保田と呼ばれた男は、妻と共に頭を下げた。甲蔵と久保田夫妻があいさつを交わし、我が子を伴って花を見に来たのだと、声高《こわだか》に台詞を交わす。

勇実は、おや、と思った。久保田夫妻が伴っている娘御《むすめご》が一人ではないのだ。

娘御のうちの片方は、ぱっと人目を惹く美人である。色白な肌は、きらびやかな振袖《ふりそで》に映えている。

もう片方の娘は、おとなしげな顔立ちだ。いでたちもまた、女中かと見紛《みまが》うほどに地味だが、髪型は武家の娘のそれである。

貞次郎がぼそりとつぶやいた。

「本当に二人とも来たんだ」

「どういうことだ？」

「選べと言われてるんです。ますますおかしな話でしょう？」

貞次郎がそうこぼしたとき、甲蔵が貞次郎を呼んだ。貞次郎はしぶしぶといった体《てい》で進み出た。

菊香が貞次郎の話を引き継いだ。

「ご覧のとおり、久保田さまにはお二人、お嬢さんがいらっしゃいます。縁談はもともと、姉君のほうと進めるはずだったのです。灰色の着物をまとっておられる、琴音《ことね》さん。亡くなられた先《せん》の奥さまのご息女なのですって」

「では、今の奥さまはご継室《けいしつ》」

「ええ。花柄の振袖のお嬢さん、美鈴《みすず》さんは、今の奥さまのご息女だそうです。

先の奥さまはお体が弱かったので、今の奥さまをご側室として旦那さまに推《お》し
て、ご側室やそのお子さんの面倒も見て、一緒に暮らしていらっしゃったとか」

「はあ、なるほど」

「姉妹といっても、生まれ年は一緒で、貞次郎とも同い年の十五だそうです。ご正室のお嬢さんだから、琴音さんのほうが姉と決まったのだとか」

先祖代々の名家ならば、この程度の込み入った事情など、ままあるものだろう。亀岡家も久保田家も番方の由緒《ゆいしょ》正しい家柄である。

「しかし、失礼なことを言いますが、琴音さんのほうはずいぶん地味な装いですね。見合いの席に似合いの装いとは思えません」

気になってしまい、勇実は眉をひそめた。

十五を数えたばかりの娘といえば、大人の仲間入りをする頃ではある。が、勇実の目からすれば、手習いを終えるかどうかの年頃の子供だ。

灰色の着物の琴音は目を伏せて、寒いのか緊張しているのか、唇を白っぽくしている。久保田家の奥方の傍らで甘えた笑顔を見せる美鈴は、幼さの残る顔に紅《べに》を差して、愛くるしさがいっそう増している。

貞次郎が姉妹の前であいさつをする。直前までうんざり顔だったのに、相手の

前に立った途端にきっちり礼儀正しく振る舞うのが、まじめな貞次郎らしい。若侍らしい凛《りん》としたたたずまいに、琴音はかえって縮こまり、美鈴はぱっと頬を染めた。

菊香がため息をついた。弟の前では見せなかった心配げな顔を、今、勇実に向けている。

「妹の美鈴さんが貞次郎のことを気に入ってくださって、見合いの場に連れていってほしいとねだったそうなんです。わたしにも美鈴さんから手紙が届いて、これからどうぞよろしくお願いします、と。これはちょっと、父にも貞次郎にも言えません」

「では、縁談の相手を美鈴さんに替えるだけでよいのでは？　二人のうちから選ぶなどと、そんな話は聞いたことがありませんよ」

菊香はいっそう声を落として、ささやいた。

「嫌なことを申し上げます。わたしの勝手な勘繰りなのですが……琴音さんは、継母上《ははうえ》さまからいじめられているのではないかと」

「ああ、なるほど。だから、着物にもあんなに差がある」

「琴音さんまで連れてこられたのは、美鈴さんを引き立てるためではないか、琴音さんにみじめな思いをさせるためではないか、という気がしてならないのです」

若い者は若い者だけで話すのがよかろう、と父たちが言い渡した。貞次郎と久保田家の姉妹は枝垂《しだ》れ梅の古木の下に取り残され、親たちは近くの茶屋を目指していった。

勇実と菊香も茶屋のほうに誘われたが、菊香が不意に足を止め、歌を口ずさんだ。

「我が門《かど》の片山椿まことなれ　我が手触れなな土に落ちもかも」

椿を詠《よ》んだ、古歌《こか》らしき風情の一句である。私の家の門から見える椿よ、本当におまえは、私の手が触れられずにいる間に落ちてはしまわぬだろうか。そういった意味合いだろう。

勇実はあてずっぽうに言ってみた。

「その歌は『万葉集《まんようしゅう》』ですか？」

「はい。ご存じでしたか」

「何となく、古い歌だろうと思っただけです。椿の花、お好きですか？」

「花は何でも好きですよ。ただ、先日目を通した『万葉集』にまつわる本で、この歌が心に残っていたのです。防人《さきもり》の務めで三年ほど武蔵国《むさしのくに》を離れることになった男が、その想いを歌に詠んだそうで」

「ああ、それならば椿は、いとしい人になぞらえてあるのですね。椿の花が落ちることへの寂しさと、いとしい人が誰かの妻になるのではないかという恐れを重ね合わせている」

菊香はうなずき、少し先で待つ甲蔵に告げた。

「あちらの椿を見てきてもよろしゅうございますか」

「かまわん」

「では、後ほど茶屋のほうにまいりますので。勇実さま、まいりましょう」

勇実は目を見張った。菊香は振り返りもせず、さっさと歩き出している。勇実はうろたえつつも甲蔵に礼をし、慌てて菊香の隣に並んだ。

「私もご一緒していいのですか？　このような場で男女が連れ立って歩くなど、菊香さんの体面に関わるのでは？」

「わたしの体面など、どうでもよいのです。勇実さまにはご迷惑かもしれませんが」

「いえ、そんなものはお気になさらず。無役の御家人の体面こそ、あってなきがごとしですから」

「ならば、お力添えください。あの子のことが気になって仕方ないのです」

椿を見たいというのは、むろん口実である。菊香はぐるりと回り込んで、貞次郎たちが腰を落ち着けた古木の傍らの床几《しょうぎ》に、後ろから近づいていく。足音を立てず、衣擦《きぬず》れの音さえひそやかに、薄墨色の着物を木立《こだち》に紛《まぎ》れ込ませるという見事な隠密《おんみつ》ぶりである。二刀《にとう》を腰に差した勇実のほうが動きが硬く、足手まといだ。

不安や心配を隠さない菊香の横顔に、勇実はどきりとした。

菊香は普段、勇実の前では静かに微笑んでばかりだ。美しく愛想のある笑顔だが、胸の内を少しもにじませない。

それが貞次郎のこととなると、こんなにも正直な顔をしている。身を隠して貞次郎の様子を探ったりするなど、まるで千紘のようにお節介でお転婆だ。

甲高《かんだか》い娘の声が、貞次郎さま、貞次郎さまと、しきりに呼んでいる。きらびやかな装いの美鈴が、ひっきりなしに貞次郎に話しかけているのだ。

「貞次郎さま、美鈴はずっと貞次郎さまにお会いしたかったのですよ。貞次郎さまは男前だと、父から聞いていたとおりです。学問も剣術も優れていらっしゃるのでしょう？　すてきだわ」

美鈴はぴょんと立ち上がり、枝垂れた紅い梅を顔のそばに引き寄せる。

「ね、ご覧になって、貞次郎さま。きれいで、いい香り。美鈴にこの紅い色、似合います？」

美鈴が動くたび、振袖が華やかに舞う。勇実に着物の値打ちなどわからないが、あんなにきらきらした糸で刺繍《ししゅう》がしてあるのだから、きっと高いはずだ。

貞次郎は礼儀正しく美鈴に答えてやっている。

「ええ、明るい色がお似合いですね」

「うふふ、そうでしょう？　美鈴はね、真っ赤なお花が好きなんです。貞次郎さまはどんなお花がお好きですか？」

「白い菊の花と、香りのよいくちなしの花です。琴音どのはいかがです？」

貞次郎は、床几の端で縮こまっている琴音に水を向けた。

琴音がびくりと体を震わせる。

「わ、わたし、ですか？　そ、その……」

美鈴が唇を尖《とが》らせた。

「ほら、せっかく貞次郎さまがおしゃべりしてくれているのよ。さっさと答えなきゃ、失礼でしょ？」

「あ、えっと……」

「もう、愚図《ぐず》なんだから。貞次郎さま、お姉さまはいつもこうなんです」

貞次郎は、おどけるように笑ってみせた。

「日なたは暖かいから、ついぼんやりしてしまいました？」

琴音は顔を伏せた。

「いえ……わたしなんか、美鈴ちゃんの言うとおり、いつもこんなふうで……」

「貞次郎さま、お姉さまが好きな花は、ちっちゃな花ですよ。ほったらかされていても野っ原に咲くような、名前もよくわからない花がお似合いなんです」

美鈴は、笑顔も声音《こわね》も仕草も愛くるしいまま、ずいぶんと突き放したことを言った。日頃からそんなことを言い慣れているのだろうか。琴音の灰色の着物も、これこそがお姉さまに似合う着物よと、あの愛くるしい顔で押しつけたのだろうか。

勇実は胸がふさがるような心地がした。

あの二人に挟まれては、貞次郎は居心地が悪いだろう。菊香が心配するのも道理だ。

貞次郎は美鈴の悪意を気に留めないふうで、琴音の傍らにひざまずいた。袂《たもと》から何かを取り出し、琴音に見せる。

「姉が作ってくれた香り袋なんですよ。薄荷《はっか》を乾かしたものなんですが、小さな紫色の花が咲いて、かわいいんです。ご存じですか？」

琴音はおずおずとうなずいた。

「ええ。薄荷は屋敷の庭に植わっているので、世話をしたり、薬にしたり……気を抜くと、すぐ茂ってしまって大変ですが……薄荷の花は、かわいいですよね」

美鈴が急いで飛んできて、貞次郎の手にある香り袋に顔を寄せた。

「爽《さわ》やかで、すーっとした香りですね。貞次郎さまにぴったりです。香り袋を持ってらっしゃるなんて、とってもお洒落！」

「私は剣術の稽古をするのが好きで、しょっちゅう汗をかいてばかりですから、姉がいろいろ気を回してくれるんですよ。着物から嫌な匂いを消してくれる草花もあるらしくて。琴音どの、ご存じですか？」

「く、詳しくはありませんけれど……よもぎやどくだみのような、ありふれた薬草も、匂い消しになります」

「へえ。よもぎやどくだみも、花を咲かせるんですか？」

「あ、はい。小さな花を。人はその葉を薬や料理に使うばかりですから、花が咲いても、あまり見向きもしないものですが……」

琴音が貞次郎としゃべっていると、美鈴は必ず割り込んでくる。

「ねえねえ、貞次郎さま、ご覧になって！　あそこに小鳥がいるの。あれは何という鳥かしら？　あっ、飛んでいってしまったわ。もう、お姉さまがぐずぐずしゃべっているせいで、貞次郎さまが小鳥を見られなかったじゃないの」

「ご、ごめんね、美鈴ちゃん」

「あの小鳥、また飛んでくるかしら？　貞次郎さま、どう思います？　あっ、貞次郎さまは鳥が好き？」

美鈴が貞次郎に話しかけ、貞次郎が答える。そこで発したのと同じくらいの量の言葉を、貞次郎は次に琴音に投げかける。

そんなふうにして、貞次郎はきっちりと律義《りちぎ》に、久保田家の姉妹の両方としゃべろうとしているようだった。

美鈴は思いどおりに話が転がらず、ちょっと苛立《いらだ》っている。琴音は貞次郎に言葉を掛けられることに戸惑っている。

勇実は貞次郎が気を張り詰めているのを察した。まるで剣術の立ち合い勝負だ。琴音と美鈴、どちらに対しても、決して隙を見せないようにしている。

「両手に花とはいかないものですね」

思わずつぶやくと、菊香は少し微笑んだ。

「あの子らしいわ」


亀岡家と久保田家は、食事をするでもなく、百花園の門前で別れた。

貞次郎は、姉妹の前ではにこやかな若殿ぶりを見せていたが、帰路に就くなり、げんなりと疲れた顔になった。

「父上、ちょっと寄り道をしたいんです、勇実先生に『兵法《へいほう》』の解釈のことで尋ねることがあるので、姉上と一緒に先に帰ってください」

さほど読書をしない甲蔵も、孫子《そんし》の『兵法』だけはじっくりと読み込んでいるという。貞次郎は父の愛読書を口実に、勇実の袖を引っ張って歩き出した。

勇実は水茶屋に貞次郎を誘い、団子とお茶を注文した。

貞次郎は袂から香り袋を取り出し、ふてくされた顔で勇実を睨んだ。

「隠れて見ていましたよね？　楽しかったですか？」

「気づいていたのか」

「目立つんですよ、勇実先生は。派手な柄の着物だと、なおさらです。男前はやたらと人目を惹くものなんですよ」

「そうでもないと思うが。しかし、菊香さんに申し訳ないな。菊香さんは見事に忍んでいたのに」

貞次郎は香り袋を握った拳を口元に当て、顔の半分を隠した。

「疲れました」

「大役だったな。まさか見合いの相手が二人もいるとは」

「どちらを選ぶにせよ、しばらく猶予《ゆうよ》をもらえるようです。すぐに選べと言われても、私の答えは決まってますけど」

「姉の琴音どののほうかな？」

貞次郎はうなずいた。そして、そのまま目を伏せてしまった。長いまつげの影が頬に落ちる。

「私は、自分のこういうところが嫌いなんですよ」

「こういうところ？」

「琴音どのは紅も差していなくて、手が荒れていました。美鈴どのはお洒落をして、手もすべすべしていました。救いの手を差し伸べるべきは、琴音どののほうだと思いました。そんなことを考えるなんて、私はずいぶん偉そうでしょう？」

「かわいそうだから救ってあげよう、と？」

「はい。どうしても、そんなふうに思ってしまうんですよ」

「では、かわいそうという感情を抜きにすれば、美鈴どののほうが好きなのかな？」

貞次郎は勢いよくかぶりを振った。

「ああいう、きらびやかでにぎやかなお嬢さんは苦手です。あの人と二人きりで話をする場でなくて、本当によかった」

「私の目にも、そんなふうに見えたよ」

「琴音どのはどことなく姉上に似ていて、でも姉上より頼りなくて、だから私が助けてあげるのがちょうどいいと思ってしまった。助けてあげるのが心地よかったんです。私は、自分が格好よく見えるように、琴音どのを引き立て役として使っていたのかもしれない。こんな自分が嫌になります」

「考えすぎではないかな？　琴音どのに訊いてみないとわからないが、貞次郎さんがそんなふうに悩んでいるなんて、思いもしないんじゃないかな」

貞次郎はため息と共に頭を抱え、背中を丸めた。

手つかずのままのお茶が冷めていく。

「団子が硬くなってしまうよ。温かいうちにいただこう」

勇実が声を掛けると、貞次郎は丸くなったまま、か細い声で答えた。

「縁談の相手として選ぶ理由が、かわいそうなところがあって姉上にも似ているからだなんて、絶対に言えませんよ。じゃあ、何と言えばいいんでしょう？」

勇実は貞次郎の背中をぽんと叩いた。

「急がずともいいのだろう？　手紙を交わしたり、会えるときには会ってみたりすればいい。言葉を重ねるうちに、何かが変わってくるさ。貞次郎さんの胸の中にあるものも、琴音どのとの間柄も、きっと変わる。悪いようにはならないさ」

まるで自分に言い聞かせるようだと、勇実は思った。

菊香が諳《そら》んじた椿の歌は、どんなふうだったか。

「我が手触れなな土に落ちもかも、か」

椿の花よ、この手があなたに触れられずにいるうちに、儚《はかな》く土に落ちてくれるな。

焦ってことを急《せ》いてはならないとわかっている。今すぐさらってしまえたらいいのにと、浅はかな望みがないとは言わないが。

時が満ちるのを待ってみよう。

あの人がどうか誰にも奪われませんようにと、今の勇実には、祈ることしかできないのだ。

第二話　厄除《やくよ》けの岡達《おかたつ》

一

あたりは物々しい気配に包まれていた。

二十人ほどの男たちが武装している。各々定められた地点に散った者を加えれば、四十人にはなるだろう。それだけの人数を動員しているが、浮き足立っている者など一人もいない。手練《てだ》れが集まっている。

町方《まちかた》の同心二人が出張《でば》って指揮を執《と》り、大捕物《おおとりもの》を決行するのだ。

勇実は、北町奉行所《きたまちぶぎょうしょ》の定町廻《じょうまちまわ》り同心、岡本達之進《おかもとたつのしん》の下について出番を待っていた。共に動くのは、勇実と岡本を含めて七人。薬研堀界隈《やげんぼりかいわい》を縄張りとする目明かしの山蔵《やまぞう》など、腕自慢の者が揃っている。

二月二十日の夜風は、春とは名ばかりの冷たさだった。おぼろ月が浮かんでいる。風に吹き散らされた細かな雲が、白々と月に照らされている。

どこかで野良犬の吠える声がする。猫の番《つが》いが、わめくような鳴き声を上げている。

勇実は右手に息を吐きかけ、その湿り気で以《もつ》て、木刀の柄《つか》を握り直した。

庚申待《こうしんまち》の夜である。

浅草山之宿六軒町《あさくさやまのしゆくろつけんちよう》にある両替商、浅利屋《あさりや》は今宵《こよい》、押し込み強盗に襲われる。

奉行所が「庚申強盗」と呼ぶ、一連の騒動なのだ。奉行所はここでその騒動を打ち止めにしたいと考えている。

六十日に一度巡ってくる庚申《かのえさる》の日の夜には、人の体の中に棲む三尸《さんし》の虫が天に昇り、閻魔大王《えんまだいおう》に宿主《やどぬし》の悪事を告げるという。閻魔大王に悪事を知られれば、人は地獄に堕《お》とされてしまう。それを避けたいなら、庚申の夜に眠ってはならない。

そこで、庚申待がおこなわれる。男たちは勤めや商いの仲間と集《つど》って、眠らずに過ごす。読経《どきよう》をして過ごす会もあれば、歌や俳諧《はいかい》を詠む会、すごろくなどをして遊ぶ会もあり、ただ宴《うたげ》を繰り広げるだけの会もある。

そんな夜を狙っての押し込み強盗が、去年から出没している。商家の主《あるじ》が庚申待のために店を空ける隙をつくのだ。

町奉行所は執念深いほどの探索によって、ついに強盗どもの尻尾《しっぽ》をつかんだ。仲間内で交わされた符丁《ふちょう》を読み解き、次の標的が浅草山之宿六軒町の両替商、浅利屋と知れた。浅利屋の周辺を念入りに洗ったところ、二月《ふたつき》ほど前に新しく入った女中が怪しいとわかった。

この女中が引き込み役なのだ。庚申の夜に内側から鍵を開けて仲間を中に入れる役割である。

女中は愛想がよくて働き者と評判だが、身の上話にどこかあいまいなところがある。妙だと感じた目明かしが前の奉公先を訪ねてみると、「そんな奉公人などいなかった」と言う。女中が嘘の身の上話を皆に語っていたのだ。

それが糸口になった。女中の周囲を洗っていくうち、仲間とおぼしき者を幾人か見出すに至った。普段は町人に紛《まぎ》れ、真っ当に働くふりをして、庚申の夜に示し合わせて盗みをやってのける連中である。

手口が鮮やかと言うには中途半端だ。今までにも、強盗の顔をうっかり見て傷を負わされた者が出ている。

岡本は、北町奉行所による筋読みを勇実たちに告げた。

「改めて言うが、身の軽さだけは本物らしい。逃げ足はとことん速いんだとさ。

鳶《とび》か大工になりそこねた連中ってとこじゃねえかと、赤沢《あかざわ》どのは言っていた」

赤沢というのは、北町奉行所の同心の名である。岡本にとっては天敵のような男だ。岡本は庚申強盗よりもむしろ、赤沢のほうこそを警戒している。

勇実はいくぶん気掛かりだった。岡本から立ち上《のぼ》る気配が普段とまるで違うのだ。

まだ明るいうちに落ち合ったときから、岡本はこんなふうだった。飯もろくに食べず、険しい顔をしている。殺気立っておられる、と目明かしの山蔵は言い表していた。

入れ込みすぎではないのか。岡本は一人ではない。その身を守る者は、勇実を含め、腕利きばかりが幾人もいるというのに。

四十を越えたところの岡本は、すらりと細身の体つきに飄々《ひょうひょう》とした振る舞いが町で人気の男前である。

厄除けの岡達という異名がある。何でも、捕物に出張っていくと、下手人《げしゅにん》が岡本を避けるかのように、逆へと行ってしまう。岡本の下では手柄が立てられないからと、外れの岡達などと冗談を言う目明かしもいるらしい。

そんな冗談を、勇実は岡本その人から聞いた。変に格好をつけたがらないところがかえって粋《いき》だと、岡本は手下に慕われている。

勇実はささやいた。

「やはり来るんでしょうか。庚申強盗ではなく、あちらの手の者が」

後詰《ごづ》めの陣を任されたのが、岡本率いる七人の隊である。浅草聖天町《あさくさしょうでんちょう》の路地裏で陣を張っている。

全体の指揮を執る赤沢が、岡本をここに配した。身の軽い強盗がこちらへ逃げてきたら袋小路に追い込んでひっ括ってくれ、というのだ。

岡本は鉢金《はちがね》を巻いた額を押さえ、白い息を吐いた。

「俺の勘など外れてくれればいいんだがな。ただ強盗を捕らえるだけの捕物に終わってくれりゃあいい。しかし、こたびばかりは、厄を除けられん気がしてならねえんだ」

勇実と山蔵は目配せをした。互いの目の中に、怯《おび》えや恐れはない。勇実は岡本に告げた。

「切り抜けましょう、岡本さま。こちらだって、こうして手を打っているんですから、あちらの思うつぼにはさせません」

岡本はようやく、右の頰だけを歪《ゆが》めるようにして笑った。

「よろしくな。頼りにしているぞ」

暗がりに身を潜める男たちは、静かにうなずき合った。

赤沢勘十郎《かんじゅうろう》という男に勇実が初めて会ったのは、つい先刻《せんこく》のことだ。

力士のように優れた体軀《たいく》の男だった。齢《よわい》五十と聞いていたが、脂ののった肌と気迫のみなぎる顔つきは、はるかに若く見えた。

眉が太く目が大きく、大きな声でよく笑う。あらかじめ悪評を耳にしていなければ、上役として頼もしそうな人だと、好感を抱いてしまったかもしれない。

「おぬしらが、岡本どのの下についた捕り方たちか。よい面構えであるな。うむ、しっかりと励んでもらうぞ。共に手柄を立てようではないか」

鷹揚《おうよう》な様子で笑ってみせる赤沢は、しかし、目ばかりは少しも笑っていなかった。

勇実が赤沢の名を知らされたのは二日前である。

その日、門下生がすっかり帰った夜になって、岡本はいつになく硬い顔つきで矢島道場を訪ねてきた。岡本の話を聞いたのは、勇実と龍治と与一郎の三人である。

「手を貸してほしい。同じ北町奉行所の同心、赤沢勘十郎どのに助勢を頼まれたが、どうにも気味が悪いのだ」

名を知らなかっただけで、気味が悪いその同心が奉行所にいることは勇実も知っていた。昨年の冬十月、赤座屋《あかざや》騒動として江戸じゅうに知れ渡った一件のためである。

赤座屋というのは、浅草新鳥越町《あさくさしんとりこえちょう》にあった料理茶屋である。火牛党《かぎゅうとう》という悪漢どもの根城だった。赤座屋騒動は表向き、火牛党の内輪揉《うちわも》めだったということになっている。

実のところ、騒動を起こしたのは、火牛党とは関わりのない一人の若者だった。

若者の名は吉三郎《きちさぶろう》。死に際には、壱《いち》、とも呼ばれていた。壱はもともと盗人《ぬすっと》で、人殺しでもあった。それがひょんなことから、一人の女と知り合い、その人を母と慕った。壱は最後まで血みどろの道をひた走ったが、母を助けるためにさえ、そんな道を行くことしか知らなかったのだ。

騒動の結果、火牛党の頭だった牛太郎《ぎゅうたろう》は、壱によって殺された。牛太郎を仕留めた刃で以て、壱も自らの始末をつけた。

牛太郎が死んで、喝采《かっさい》した者も多かった。赤座屋とその周辺は火牛党の縄張りで、しばしば血の雨が降っていた。その付近で足跡が途絶えてそれっきりになった者も少なくないという。

しかし、牛太郎や火牛党が罪に問われたことはなかった。やりたい放題の悪事が野放しにされていたのだ。

からくりは単純だった。牛太郎の父が町奉行所の同心だからだ。

その同心こそが、赤沢勘十郎である。しかし、赤座屋騒動の後始末をする間、赤沢は不気味な沈黙を続けていたという。

牛太郎の父である同心の名を、勇実は知らなかった。調べようと思えばすぐに明らかになることではあっても、踏み込むまいと考えていた。岡本からも、もう関わるなと釘を刺されていた。

ところが、ここに至って、岡本のほうから話を持ってきた。

「俺は赤沢に付け狙われている。あれこれ探られちゃいたが、仕掛けられたことは、これまではなかった。だが、明後日の晩はどうなるかわからねえ」

「どうなるか、とは？」

問うた勇実の前で、岡本は言い淀んだ。眉間《みけん》の皺《しわ》が苦悩を物語っている。

「巻き込みたいわけじゃあない。この話は、奉行所の恥を晒《さら》しちまうことでもある」

龍治が、やれやれと頭を振った。

「歯切れが悪くなっちまうのも道理ですがね。俺が話しましょうか？　赤沢こそが火牛党の主だったんですよね。火牛党の罪に目をつぶるどころか、火牛党の悪事が儲《もう》けにつながるよう指揮していた」

岡本はうなずいた。

「証《あかし》はない。噂だけはあちこちで聞いた」

「俺も、噂だけはいろいろと集めましたよ。厄介な人を敵に回しちまったもんですね」

思いがけないことに、赤沢の評判は上々である。

定町廻りとして捕物に出れば、凶暴な悪人を相手取って一歩も引かない。剣の腕も立ち、並みのものより長い剛刀を軽々と振り回してみせる。賂《まいない》も欠かさないので、上役の覚えもよい。

遊びのほうも一流だ。八丁堀の旦那とくれば、少しばかり悪くて危ういくらいが格好いいと、寄ってくる女は引きも切らない。おかげで隠し子が幾人もいるという。

そうした隠し子の中で最もたちの悪い者が、火牛党の牛太郎だった。

牛太郎はほんの子供の頃から乱暴者の博打《ばくち》好きだったそうだ。手習いを身につけるより先に、人を脅すやり方を覚えたような男だったらしい。

赤沢は、そんな牛太郎をひどくかわいがっていた。牛太郎に赤座屋を任せ、好きにやらせていた。たまに出世の邪魔になる競争相手が現れれば、赤座屋に招いて歓待した。

父子は実にうまくやっていたのだ。

与一郎が腕組みをして唸った。

「龍治、探索に首を突っ込むのもほどほどにしろ。腕に覚えがあるといっても、危うきに近づくものではないぞ」

「無茶はしてねえよ。好きこのんで近づいたわけでもない。敵を知っておくのは、道場の皆の身を守るためだ」

「心之助のことか」

「ああ。火牛党はほとんど壊滅《かいめつ》したが、残党もいる。心さんが報復を受けるかもしれねえってんで、山蔵親分も心配してんだよ。だから、俺と山蔵親分と寅吉《とらきち》でちょっと調べてたんだ」

思い返せば、田宮心之助が火牛党の男たちによって袋叩きにされたのが、勇実たちが赤座屋騒動とつながる最初のきっかけだった。

矢島道場の剣術仲間でもある御家人の心之助が火牛党の害を被ったのは、たまたまのことだった。出先で立ち寄った赤座屋で女中たちが折檻《せっかん》を受けるのを見て、黙っていられずに首を突っ込んだ。それが牛太郎の怒りに触れ、心之助は袋叩きにされた。

心之助の怪我をきっかけに、岡本と山蔵は火牛党に探りを入れ始めた。それゆえ岡本は、赤座屋騒動の折に真っ先に駆けつけることができた。その後の対処に当たったのも、成り行きの上で岡本となった。

勇実は嘆息した。

「成り行きだったんだ。心之助さんが火牛党に関わってしまったところから、岡本さまが一連の騒動の始末を任されたところまで、すべて成り行きだ。それなのに、なぜ岡本さまや私たちが、こうやって頭を抱えなければならない？」

与一郎は吐き捨てるように言った。

「筋も道理も通らん話だ。だが、赤沢なる同心が筋や道理が通る相手ならば、そもそも妾腹《めかけばら》の倅《せがれ》に罪を犯させて稼ぎを得るなどという振る舞いはなすまい。それで龍治、ほかに何かわかったのか？」

龍治は答えた。

「赤座屋周辺の噂話をいろいろ、寅吉が探り当ててくれたよ。あいつ、腕っぷしは頼りないけど、噂話を集めることにかけては天賦《てんぷ》の才があるぜ」

「裏は取れておるのか？」

「山蔵親分が確かめてくれたんで、間違いないはずだ。岡本さま、うちの門下生の寅吉が、震え上がりながら心配してましたよ。火牛党が牛耳《ぎゅうじ》ってた界隈では、下手人のわからねえ死体がごろごろ出るらしいって」

勇実はふと思い出すことがあった。

「この間、千紘が深刻な顔で寅吉さんの話を聞いているのを見たが、その件かな」

「そうだろうな。俺や寅吉が巻き込んだわけじゃないぜ。ほっとくと、千紘さんが何かやらかしそうだったからさ。千紘さんはずっと、おえんさんのことで思い悩んでるんだよ」

吉三郎が牛太郎らを害したのは、おえんを火牛党から解き放つためだった。であるならば、赤座屋騒動はおえんのために起こってしまったとも言える。吉三郎亡き今、おえんが報復を受ける恐れも、確かにあるのだ。

だからこそ、岡本はおえんを八丁堀の同心屋敷に引き取った。おえんは岡本家の女中として平穏に暮らしていると聞く。

岡本は、千紘やおえんの名まで話に出てきたためだろうか、観念したように口を開いた。

「同じ北町奉行所の同心とはいっても、俺と赤沢はあまり顔を合わせたこともなかったんだ。しかし唐突に、捕物の加勢に来てくれと頼まれた。奉行所で、きちんとした手続きを踏んで上役の許しも得た上での話だ。表向きにはきわめて真っ当な話なんだがな」

勇実は問うた。

「どこの、何の捕物なんです？」

「浅草山之宿六軒町の押し込み強盗だ。二月二十日、庚申の夜にとある両替商に押し込むという符丁を入手したらしい。去年から庚申強盗が出ているのはまことのことで、捕物そのものは狂言でも何でもない」

「山之宿六軒町と言えば、浅草でも大川のそばですよね。あの赤座屋があった新鳥越町とは目と鼻の先だ」

「赤沢と火牛党の縄張りだ。きな臭いだろう？　しかし、嫌だとは言えねえ。岡本は手前の命を惜しんで捕物を拒んだなんて噂を立てられちまったら、同心稼業も上がったりだ」

与一郎は腕を組み替えた。

「なるほど、そう来たか。捕物のさなかであれば、誰かが傷を負っても命を落としても、致し方のないことと見なされるであろうからな」

岡本は苦虫《にがむし》を嚙み潰したような顔をした。

「十中八九、夜闇《やあん》に紛れて仕掛けてくるはずだ。黙ってやられるわけにゃいかねえ。俺だって命は惜しい。俺が死んだら、守ってやりたい者を守れなくなるからな。だが、むやみやたらと手下の者らに危うい役目を負わせるわけにもいかねえ。そこで相談なんだ」

龍治は身を乗り出し、にっと笑った。

「矢島道場の腕利きの出番ってわけだ。岡本さま、俺に策があります。山蔵親分と寅吉にちょいと走り回ってもらいますが、明後日の夜に浅草山之宿六軒町のあたりで捕物があるから岡本さまが手助けを求めてる、ということは人に話してもかまいませんか？」

「かまわんが、何をするんだ？」

「ひっくり返すんです。こっちも罠《わな》を張るんですよ。火牛党の残党が繰り出してくるんなら、一網打尽《いちもうだじん》にしてやりましょう」

龍治は笑った顔のまま、ぎらりと光るような目をした。

二

わあっ、と叫び声が上がった。

「始まったか」

岡本が鋭くささやいた。

風を切る笛の音が響いた。物陰に潜んでいた赤沢配下の捕り方たちが、浅利屋のほうをめがけて駆けていく。

騒ぎの気配が伝わってくる。

「逃した！　未申《ひつじさる》（南西）の方角！」

「こっちもだ、南に向かった！」

「屋根の上を走っていく！　寺に逃げ込んじまうぞ！」

岡本が舌打ちした。

「山蔵、通りに出て様子を見てこい」

「へい」

命じられた山蔵が駆けていく。勇実は目を細めた。ただでさえ目が近い勇実は、夜目《よめ》が利かない。

月明かりの中にぼんやりと、山蔵の後ろ姿が見える。手振りで何かを示している。

勇実と同年配の下っ引きが、山蔵の手振りによる合図を読み解き、にやりと笑った。

「南西と南と西へ、それぞれ二人、三人、一人が逃げた。見事にこっちにゃ来ていやせんね。さすがは厄除けの岡達だ」

岡本も小さく笑った。

「外れの岡達と思っていやがるくせに」

そのときだ。

山蔵が突然、大声を上げた。

「何だ、てめえら！」

すべて言い切るより先に、山蔵めがけて光が走る。長ドスが何かの明かりを反射したのだろう。甲高い音が鳴る。山蔵は十手《じって》で長《なが》ドスを受け止めた。

一瞬の膠着《こうちゃく》。

十手が長ドスを搦《から》め捕《と》り、奪った。長ドスが地に落ちる。と同時に、山蔵は当て身を食らって吹っ飛んだ。転がされるも、すかさず跳ね起きて身構える。

「戻れ！」

岡本が叫んだ。

勇実の両手にじわりと汗がにじむ。

「やはり来たか」

庚申強盗とはまったく別の荒事《あらごと》。岡本を狙った敵襲である。

敵は一人ではない。路地の奥のこちらから見れば、通りを背にした刺客の影がわらわらと集まってくるのがわかる。

山蔵が駆け戻ってくる。その助太刀をすべく、勇実は前に出る。

浅草聖天町の路地は狭い。昼間であれば、待乳山聖天《まつちやましょうでん》の参拝客が土産物《みやげもの》を求めてひしめいている場所だ。店の軒《のき》の出っ張りや、夜でも出しっぱなしの屋台や床几、看板だか何だかわからないものが、立ち回りの邪魔をする。

刀の間合いを考えれば、味方二人が並んで闘える幅がない。

山蔵は、勇実を背に庇《かば》うところで足を止めた。

「一番槍《やり》は手前ですぜ。これより後ろへは下がれやせん」

「怪我は？」

「ありやせん。頑丈さは手前の取り柄《え》でさあ」

答える声は、わめき声に掻き消された。得物《えもの》を振りかざし、威嚇の声を上げながら、男たちが路地へ突っ込んでくる。

山蔵は十手を構えて腰を落とした。

先頭の男の手には匕首《あいくち》がある。すばしっこい。武士の身のこなしではない。

匕首が、殴りかかるように突き出される。

山蔵は十手を打ちつける。

「遅《おせ》え！」

十手を振り抜けば、匕首がすっ飛んでいく。丸腰になった男に、山蔵は当て身を食らわせる。男は吹っ飛んで壁にぶつかり、動けなくなる。

へたり込んだ仲間を跳び越えるようにして、次なる敵が踏み込んでくる。

びゅっと不吉な音がした。

山蔵はとっさに下がった。だが、間合いを読み間違えた。ばしっと、硬いものが山蔵の腕を打った。

「分銅鎖《ふんどうぐさり》か！」

山蔵も、打たれた瞬間には敵の得物を見破った。

分銅鎖とは、両端に錘《おもり》のついた鎖である。目前の敵の手にあるものは、さほど重い錘ではないようだが、この暗闇で振り回されるのは厄介だ。

「山蔵親分、下がって！」

勇実は進み出た。腕を押さえる山蔵を背に庇う。

びゅっと音がする。鎖が光を弾いた。勇実はのけぞる。胸のすれすれを分銅鎖がかすめる。

ばしんと派手な音を立てて、路地の板塀が鳴った。勢い余った錘が叩きつけられたのだ。

「手練れではないな」

びゅっと、また鎖が鳴る。大振りの攻撃である。躱《かわ》した。と思った瞬間、勇実は勢いよく前進した。

敵の利き腕をめがけ、木刀の刺突《しとつ》を繰り出す。

手応えがある。男が呻《うめ》く。分銅鎖が吹っ飛ぶ。錘が板塀にめり込む。勇実はさらに一打を加え、敵の戦意を奪った。

痛みにうずくまる仲間を蹴り飛ばし、また別の敵が前に出てくる。大柄な男だ。手にした得物は、重ねの厚い鉈《なた》である。

鉈が上段に振りかぶられる。

「はッ！」

勇実は、鉈男のがら空きの胴を打った。

鉈男はぐらりと体勢を崩す。しかし倒れない。ぎらぎらする目が勇実を見下ろした。鉈男は牙《きば》を剝《む》くように笑った。

「しゃがめ！」

岡本の声に、勇実はとっさに従った。

つぶてが鉈男の顎に命中した。岡本が投げたのか。ぐう、と呻いたところへ、さらに一投。

たたらを踏んだ鉈男の顎を、勇実は木刀で打ち上げた。脳を揺さぶられれば、いかな大男でも立ってはいられない。鉈男は正体をなくしてひっくり返る。

勇実は立ち上がって構えた。そこで、うっと息が止まった。

新たに進み出てきた男の剣気に中《あ》てられたのだ。

格が違う。

暗闇に浮かび上がる姿は浪人らしい一本刀。居合いの構えである。こけおどしとは思えない殺気が吹きつけてくる。

手元がはっきりと見えない。

勇実の背筋に冷たい汗が噴き出す。

思いのほか、日頃は目を頼りにしているらしい。この暗がりでは、敵の出方が見えない。いつ来るかが読めないのだ。

勇実の焦りを、浪人も見抜いている。

「どうした、震えておるのか。無理もない。木刀ごときで儂《わし》の抜き打ちを防げるはずもなかろう」

いったん下がるか？　だが、それを許すほどの甘い相手だろうか？

「無理をするな！」

岡本が声を張り上げた。

浪人がにやりとした。

「その声は、岡達か」

「ああ、そうだ」

「出てこいよ。まずはおまえを相手にしたい。おまえを倒した後に、残りの連中を皆、始末してやる。仲良くあの世に行くんだな」

岡本が進み出てくる。

「ほざけ。俺は厄除けの岡達だ。守るべき者らに降りかかる災厄《さいやく》は、俺がすべて、はねのけてやる」

みし、と、かすかな音が頭上から聞こえた。人が屋根を踏む音だ。

浪人が気づく様子はない。居合いに構えを取ったまま、にやにやと笑って、岡本のほうにばかり注意を向けている。

岡本が勇実に並び、さらに前に出る。岡本の細身の背中から、凄まじい気迫が立ち上っている。

「加減はしてやれんぞ、悪党。俺の命を狙ったことを後悔してもらおう」

「ふん、聞いておった噂よりも威勢がいい。気に入ったぞ」

岡本が刀の柄に手を掛けた。

ぴりりと、夜気が極限まで張り詰める。路地の外の大捕物のにぎわいさえ、その瞬間、聞こえなくなったかに感じられた。

それは、一瞬の出来事だった。

頭上でかすかな音がした。

網が降ってきた。

「な、何っ？」

浪人の頭上から、その体をすっぽり包むほどの大きな網が降ってきたのだ。

屋根の上や二階の窓に、一斉に明かりがともった。

身軽な影が屋根から飛び降りてきた。

「はい、一匹つかまえた！」

龍治である。龍治は、狼狽《ろうばい》する浪人に足払いを掛けて網ごと転ばせた。浪人がじたばたするほどに、網はその体に絡んでいく。

浪人の後ろに控えていた男たちが、きびすを返して逃げ出そうとする。

だが、路地の入口には与一郎が立ちはだかった。

「逃がしはせんぞ、ごろつきどもよ！」

明かりを掲げた捕り方たちが、与一郎のそばにずらりと居並んでいる。

龍治は勇実に、にっと笑った。

「赤沢にそそのかされたごろつきは、ここにいる連中で最後だ。このくらい明るけりゃ、勇実さんの目でもいけるだろ？」

「ああ、助かる」

勇実が囮《おとり》の岡本と共に動くことを選んだのは、夜目に不安があったからだ。暗がりでうまく動けなければ、龍治率いる本隊の動きを損ねてしまう。

今しがたまで、間合いの内にある敵の手元さえよく見えなかった。四方八方に明かりがともされた今なら、十分に戦える。

龍治は木刀を構えた。

「遠慮なくいくぜ」

破れかぶれで突っかかってきた敵を、龍治が迎え撃つ。その傍らをすり抜けようとする敵を、勇実が仕留める。真横で仲間がやられて、龍治が対峙《たいじ》する男が怯《ひる》む。隙だらけの一瞬をついて、龍治は敵を沈める。

岡本が声を張り上げた。

「動けなくなったところを片っ端から捕縛《ほばく》しろ！」

「へい！」

山蔵が真っ先に飛び出してきて、勇実と龍治が倒したばかりの男どもの手に縄を掛けた。

三

ほとんど眠れないままに夜が明けた。

千紘は、明け六つ（午前六時頃）の捨鐘《すてがね》を聞くや、辛抱できなくなって寝床を抜け出した。手早く身支度を整える。

ワフッ、と千紘を呼ぶ声がした。

土間のほうを見やれば、白い犬の正宗《まさむね》がぱたぱたと尻尾を振った。

「おはよう、正宗ちゃん。知らないおうちでもよく眠れるなんて、大物ね」

千紘は下駄を履いて、正宗の頭を撫でてやった。土間に置いた木箱が、正宗の寝床だった。昨夜《ゆうべ》の正宗は、へそを天井に向けてよく寝ていた。

女中のお吉はもう起き出していた。千紘に朝のあいさつをすると、朝餉の支度をするためにいそいそと働き始めた。

勇実は昨夜、帰ってこなかった。捕物に駆り出されたのである。

いや、単なる捕物とは言えない。同心の岡本を守る用心棒の役目も負っている。

千紘は正宗を連れて狭い庭を突っ切り、垣根にある壊れた木戸をくぐって、矢島家の庭に出た。

　晴れた春の早朝は、ふわりと花の匂いがする。鳥のさえずりが聞こえる。矢島家のほうでも女中のお光《みつ》が起き出しているようで、台所から音がする。

　屋敷の勝手口から珠代が姿を見せた。

「あら、千紘さん、おはよう。眠れなかったようね」

「おはようございます。おばさまは？」

「いつものとおりよ。あの人たちもそろそろ戻ってくるでしょう」

　珠代は龍治の母だ。潑剌《はつらつ》として若々しいので、二十《はたち》を過ぎた子がいるようには見えない。幼顔に小柄な体つきの美人である。龍治は母によく似ている。

　千紘にとっても、珠代は母のような人だ。早くに亡くなった実の母のことは覚えていない。たくさんわがままを聞いてくれたのも、わがままが過ぎるときに叱ってくれたのも、すべて珠代なのだ。

　寝不足に朝の光はまぶしすぎて、目の奥が鈍く痛む。千紘はため息をついた。

「おばさまはどうしてそんなに頼もしく構えていられるの？」

「若い頃からこうだから、もうすっかり慣れているのよ」

「怖くはない？」

「ちっとも。わたしやお光だって、小太刀《こだち》や薙刀《なぎなた》を使えないわけではないのよ。自分で自分の身を守ることくらい、できますからね。いざとなれば闘う覚悟ですよ」

「闘う覚悟ですか。女だって、刀を持つことができるのよね」

「千紘さんの守り刀も渡しておきましょうか。あなたのお父上さまに頼まれて、節目の折まで預かっておくことになっていたけれど」

「節目って、いつのこと？」

「そうよねえ。いつがよかったのかしら。千紘さんはとっくに分別がついているのに、これではいつまでも幼子扱いしているのと同じかしらね。守り刀、持ってきましょうか」

珠代が何気なく言って、母屋《おもや》に戻っていこうとした。千紘は珠代の袖にすがって止めた。

「いいの。おばさまがまだ預かっていて。ちゃんと節目のときが来るまで、わたしがきちんと踏ん切りがつくまで、預かったままでいてください。お願いします」

千紘の足元で正宗が鼻を鳴らした。まるで千紘と一緒に懇願してくれているかのようだ。千紘と珠代は目を見合わせ、くすりと笑った。

「では、千紘さんの守り刀はまだわたしが預かっておくわね」

「はい。きっとそのほうがいいと思うの。守り刀があったって、今のわたしでは、心を強く持てそうにないから」

「仕方がないわ。それにしても、正宗は肝が据わっているようね。ご主人さまや友達が戻ってこない夜も、怖がらずにお留守番ができるのねえ」

正宗のご主人さまは心之助で、友達は龍治のことだ。

心之助が仕事をしている昼の間、正宗は矢島道場に預けられている。人懐っこい正宗だが、龍治にはひときわ懐いており、しょっちゅう庭に出て一緒に遊んでいる。

門のほうで物音がした。

千紘も珠代も正宗も、はっとそちらを向いた。捕物に駆り出された男たちが帰ってきたのか、と思った。

「何だ、寅吉さんだわ」

拍子抜けした千紘だが、気を取り直して笑顔をつくった。

寅吉はほとんど毎日、今くらいの刻限に矢島道場にやって来る。龍治と共に朝稽古をし、矢島家で朝餉をもらい、道場の掃除をする。昼は山蔵の舅《しゅうと》が営む蕎麦屋を手伝っている。ときには下っ引きとして、山蔵と共に探索に出掛けもする。

寅吉は、千紘と珠代のところにすっ飛んできた。

「おはようごぜえやす！　あの、龍治先生たちは？」

さすがの寅吉も顔つきが硬い。いつもなら、朝のあいさつの二言目には「千紘お嬢さんも奥さまも、今日はまた一段とおきれいで」などとお世辞を口にするものだが、今はそれどころではないのだ。

千紘は我知らず、肩を落としてしまった。

「寅吉さん、おはようございます。山蔵親分も戻っていないんですね。こちらも、まだ誰も。夜のうちに戻るかもしれないと言っていたのに、どうしたのかしら」

ひょろりと細い寅吉は、おそらく千紘と同い年だという。おそらくというのは、物心ついたときにはもう親がいなかったせいだ。生い立ちがはっきりしないらしい。

寅吉は初め、龍治のことを敵《かたき》と付け狙っていた。でも、このところは素直に龍治の言うことを聞くようになっている。

誉めたり励ましたりしてもらえるのが嬉しいようだ。寅吉の剣術はなかなか上達しないが、稽古をまじめにする者を、龍治は決して貶《おと》めたりしない。

探索のほうは、手厳しい山蔵が「なかなかのものだ」と評するほどの才があるらしい。昨夜の策を立てるための下ごしらえにも、寅吉は奔走《ほんそう》していた。

寅吉は、そばかすやあばたのある顔をしかめ、目をしょぼしょぼさせている。

「手前、ちっとも眠れなかったんですよ。龍治先生も山蔵親分も強いんだから大丈夫だと、手前に言い聞かせてみても、気掛かりでたまらなくて」

「わたしもです。矢島道場から捕物の加勢に人手を出すのはよくあることなのに、何度あっても慣れることができません」

「て、手前は喧嘩にもろくに勝てねえんで、強盗を相手に闘うなんざ、考えただけで震えちまいやす。下っ引きったって、人から話を聞くだけしかできねえんだ」

「寅吉さんが聞いてきた話が、龍治さんたちの役に立っているんですよ。そこは自信を持ってください。浅草のお店《たな》や長屋、女たちの駆け込み寺にまで、うまく話を聞きに行ったんですって？」

「へい。赤座屋で働いてた女中のうち、江戸に残った人の全員と話をしたんです。浅草に住んでる人がほとんどで、家族に病人や年寄りがいるんで遠くに移れないって言ってる人も多かった。初めから赤座屋はそういう女を働かせていたんでしょう」

寅吉という男は、何とも言えないかわいげがある。眉をハの字にした困り顔も、顔じゅうをくしゃくしゃにした笑顔も、人をほっとさせるのだ。薄べったい体をひょこひょこ折り曲げてお辞儀をして、寅吉は他人の懐にするりと入っていく。

寅吉が話を聞いて渡りをつけた女たちが、こたび、火牛党の残党を捕らえる罠に力を貸してくれている。

赤沢によって岡本に割り当てられたのは、浅草聖天町の袋小路だった。強盗がこちらに逃げてくれれば袋小路に追い込んで捕らえてほしい、というのが赤沢の言い分だ。

切絵図《きりえず》を見た誰もが、岡本のほうが袋小路に追い込まれるのではないか、と思った。

岡本が矢島道場に相談を持ち掛けたとき、龍治によって呼び出された寅吉は、件《くだん》の袋小路に細工をすべく奔走した。

寅吉によると、火牛党の残党を残らず狩るためと言っていくらかの金を積めば、袋小路の両脇の住人は協力を惜しまなかったという。

勇実や山蔵は、岡本と共に囮の役を買って出た。二隊に分けた伏兵《ふくへい》は、龍治率いる本隊が袋小路の屋根や二階に潜んだ。与一郎率いる遊撃隊が火牛党の出方を見極め、残らず罠へと追い込んだ。

どの役割も危ういに決まっている。千紘は、策が詰められた後にすべてを聞いた。策を練るために走り回っていた寅吉は、「どうです、役に立つでしょう」と胸を張った後、ことの重大さに気づいて、だんだんと無口になった。

「手前も行きゃあよかった」

寅吉は頭を抱え、身を縮めてしゃがみ込んだ。正宗が励ますように寅吉にくっついた。寅吉がお礼代わりに頭を撫でてやろうとする。

と、まさにその瞬間。

「ワン！」

正宗は一声吠えると、するりと寅吉の手から逃げ出した。一目散《いちもくさん》に門のほうへ走っていく。

千紘と寅吉は顔を見合わせた。

「帰ってきたんだわ！」

「へい！」

二人揃って、ぱっと門へと駆け出した。

千紘が通りに出ると、勇実と龍治、与一郎、心之助、山蔵の姿が見えた。勇実と山蔵が両脇から誰かを支えている。その人はぐったりとうつむいていて、顔がわからない。龍治がその人の刀を預かっているようだ。

すっ飛んでいった正宗の後を追って、千紘は皆のもとに駆けた。近づくうちに、支えられてどうにか立っているのが誰なのかわかった。

「岡本さま！　お怪我をなさったんですか？」

龍治はかぶりを振った。

「いや、怪我は皆、軽いよ。交戦した相手を含め、死人はいない。捕物は、強盗のほうも火牛党のほうも成功だ。何だかんだと時を食って、くたびれたけどな。それで、引き揚げてくる途中で、岡本さまが急に吐いて、倒れちまって」

「倒れたですって？」

岡本が呻いた。

「大したこたあねえ。ほっとした途端に熱が出やがっただけだ」

心之助がその言葉を否んだ。

「正直におっしゃってください。隠しておられましたが、昨日の昼頃にはもう具合が悪かったでしょう？　ほとんど飲まず食わずだったではありませんか。吐き戻してしまった握り飯も、夕刻に食べたものがそのまま胃に留《とど》まっていたようでしたね」

勇実が岡本の顔をのぞき込んだ。

「心身がよほど疲れていたせいでしょうね。胃がうまく飯をこなすことができず、ついに熱まで出てしまうとは。もうすぐ矢島道場です。休んでいってください」

「いや……八丁堀に帰らねば、仕事が……」

山蔵が渋面《じゅうめん》で岡本に告げた。

「駄目です。こんなありさまじゃあ、仕事になるわけもねえでしょう。なるたけそーっと走る駕籠《かご》かきを呼びやすんで、連中が朝飯を食って仕事に出るまであと一刻《いっとき》（約二時間）ばかり、こちらで休んでおいてくだせえ」

岡本はうなだれて呻いた。

千紘は珠代と共に、布団の支度をするため矢島家へと走った。

四

おえんが岡本家の屋敷で働き始めて、四月《よつき》ほどになる。

岡本家は、八丁堀にある同心組屋敷の一角にある。だが、めったに外に出ないおえんは、まわりの町並みがどんなふうなのか、まだよくわかっていない。

武家屋敷での奉公は、こたびが初めてだ。新しく覚えることがいろいろあって、おかげで気が紛れる。ぼんやりするのは嫌いなのだ。ちょっと気を抜くと、苦い思い出があれこれと脳裏によみがえってくるから、忙しく働くほうが性に合っている。

八丁堀の屋敷の造りは、町人地の大店《おおだな》や料理茶屋などとはずいぶん違う。独り身の岡本が住むには、ずいぶん広い。空き部屋をそのままにするよりはと、岡本は下働きのおえんたちに部屋を与えて住まわせている。

通りに面した長屋は、戯作者《げさくしゃ》や絵師に貸しているらしい。たまさか顔を合わせることがあっても、ぼそぼそとあいさつをするや否や、あっという間に部屋に引きこもってしまう。

狭いながらも庭がある。春を迎えると、草木の様子は日ごとに変わるものだ。それを間近に見るのが、おえんの目には楽しい。

おえんが仕事を覚える中で感じたのは、「ちょいと変わったところのある大店の女中奉公みたい」ということだ。

廻《まわ》り方《かた》の同心は、町場で勤めを果たす役人だ。その身なりも小銀杏髷《こいちょうまげ》に着流しで、町人風の粋なもの。特に岡本は、格式張った言葉遣いもせず、気さくでよく笑う。

岡本を一言で表すならば、「いい人」である。人柄がよい。おえんよりもずっとずっと偉い人なのに、それを感じさせない。

あまりに気安いのも困りものではある。うっかり礼儀を忘れてしまうのだ。つい昨日の朝も、ちょいと忙しすぎやしませんか、と小言のようなものを遠慮なくぶつけてしまった。

確かに忙しいなあと苦笑する岡本の顔色が優れないように見えた。

「旦那さまは、ゆうべも帰ってこられませんでしたね」

朝一番に、おえんは女中の須磨《すま》に言った。

須磨は、岡本が幼い頃から女中奉公しているという古株である。岡本家には下働きの手が少ない。おえんと須磨のほかに、須磨の夫で下男《げなん》の熊八《くまはち》がいるだけだ。

「おえんさん、旦那さまのことが心配ですか」

「ええ。廻り方のお仕事って、やっぱりお忙しいんですね」

「これでもね、近頃はちゃんと帰ってくることが多くなっているんですよ」

「あら、前はそうでもなかったんです？」

「なかなか帰ってきませんでしたねえ。旦那さまにはいくつか定宿があってね、忙しくて気分がむしゃくしゃしてくると、夜はそういうところに泊まるんです。この屋敷には、着替えを取りに帰ってくるだけ」

「女の人のところにでも通っておられたんですか？」

「違いますよ。お一人になりたがるんです。同心というのは、人と話をするのが仕事みたいなところがあるでしょう。あれが疲れちまうんだと言って、お一人で船宿の部屋にこもってしまわれるんですよ」

「部屋にこもるのなら、屋敷にお戻りになればいいでしょうに」

「わたしや夫があれこれ世話を焼いてしまうから、それがうっとうしいんですって」

須磨は口元に手を添え、うふふと笑った。そんな仕草は若々しく、品があって色っぽくもある。おえんは須磨の素性《すじょう》をよく知らないが、どうも育ちが違うようだ。老いてなお美しい人である。

岡本が帰ってこようがくるまいが、おえんたちには仕事がある。食事をいつ作るのがよいのか、米をどれくらい炊《た》いておこうかといった、台所仕事の塩梅《あんばい》がなかなか難しい。

普通、米は朝にまとめて炊き、昼や夜は冷や飯を湯漬けにして食べるものだ。けれども、須磨たちの朝餉は長年、前の日の冷や飯が多かったという。

「旦那さまが召し上がるぶんまで、念のためにご飯を炊いておくんですよ。でも、帰ってこないじゃありませんか。ちょっとしか炊かなかった日に限って、帰ってきちゃったりするの」

「困りますねえ」

「近頃はいい具合ですよ。旦那さまは夜にきちんと帰ってこられる。夕餉を召し上がってくれるから、ご飯が余らない。ねえ、おえんさん。旦那さまがちゃんとお帰りになるのはね、おえんさんの顔を見たいんですよ、きっと」

内緒話のように声をひそめた須磨に、おえんは苦笑を浮かべた。

「旦那さまには、余計なご心配とご迷惑をお掛けしちまって。あたしが変な連中と関わり合いになっちまったせいで、屋敷が無事かどうか、ついでにあたしがちゃんとしてるかどうか、気掛かりなんでしょう」

「あらあら、それだけかしらねえ？」

意味深長な口ぶりで須磨は言う。おしゃべりの相手ができて、楽しくてたまらないらしい。

おえんも、須磨と交わす軽口が好きだ。須磨の人当たりのよさには裏がない。須磨は誰かを悪《あ》しざまに言ったりなどしない。

実はほんの少し、怖さと戸惑いがある。あたしはいつか、ついうっかり、須磨さんを傷つけたり怒らせたりしてしまうんじゃないか。だって、いつだってあたしはそうやってしくじってきたんだもの。

おえんはいつだって流れ者だった。

うまくいかないことや、おえんを嫌う人のほうが、世の中には多い。それが当たり前なんだと思っているから、しくじることも逃げ出すことも、さほど怖くはなかった。

今が怖いのは、この屋敷の居心地があまりによいからだ。壊れてしまうことが、壊してしまうことが、怖い。

朝の台所仕事をひととおり終えると、次は針仕事である。須磨は岡本の着物の繕《つくろ》い物《もの》をせっせと進め、おえんは自分の着物を縫っている。

「須磨さんは針仕事の達人ですね。かぎ裂きがちっとも見えないようにふさいじまうんですから」

「慣れただけですよ。旦那さまは子供の頃からわんぱくで、しょっちゅうあちこちを裂いたり破ったり、穴を開けたりしていたんです」

子供の頃からという言い草がおかしくて、おえんは笑った。

「須磨さんにかかっては、旦那さまは今でもわんぱくなんですね」

「ええ、ええ、わんぱく坊主のままですとも。『須磨、今日はたっぷり剣術の稽古をしてきたんだ。おかげで足袋《たび》にこんな大きな穴が開いちまったぞ』だなんて、得意そうな顔でおっしゃるんですから」

仕事の手をつかの間止めて、声を立てて笑い合う。

おえんは、着の身着のまま岡本の屋敷に転がり込んだようなものだった。おえんの擦り切れた着物を見かねて須磨が岡本に訴えると、岡本は何を思ったか、古い長持《ながもち》を出してきた。

中に入っていたのは、岡本の母が生前に着ていたものだ。

「洗い張りすれば、まだ着られるだろう。値打ち物じゃあないが、さほど悪い品でもないはずだ」

町奉行所の同心、とりわけ岡本のような廻り方同心は町人たちに人気がある。武家としての格は低く、禄高も三十俵二人扶持《ににんぶち》に過ぎないが、商家などからの付け届けが絶えない。格上の旗本より、暮らし向きはよほど裕福だ。

岡本に使えと差し出された着物は、絣《かすり》だった。きりりと引き締まった印象の縞《しま》模様《もよう》もあれば、にじむように優しい色味のものもある。

絹や縮《ちぢみ》に比べれば、値の張るものではない。しかし、おえんの目から見れば、とんでもなく上等な着物だった。

「おっかさんの、いえ、お母上さまの形見なんでしょう？　そんな大事なものをあたしが頂戴《ちょうだい》するなんて、いけませんよ」

岡本は飄々《ひょうひょう》として、おえんの困惑をいなした。

「着物ってのは、誰かに着られるためにあるんだぞ。しまい込まれるだけの着物なんて、かわいそうじゃねえか。須磨がな、夏の虫干しと冬の大掃除でこの着物の手入れをするたびに、愚痴を言いやがるんだよ」

「愚痴ですか」

岡本は須磨の口ぶりを真似てみせた。

「いずれ坊《ぼっ》ちゃまのお嫁さまに着ていただけると、待ちに待っておりましたのに、一体全体、そんな日はいつ訪れるんでございましょうね」

おえんは笑ってしまった。

須磨はたびたび、岡本のことを坊ちゃまと呼ぶ。小言を口にするときは必ずだ。

おえんが笑ったのを見て、岡本も笑って言った。

「そういうわけだから、おふくろの着物、あんたが着てやっちゃくれないか。このまま虫食いになっちまうより、ずっといい」

おえんは女の割りに背が高い。胸や腰が大きいことはよく言われるが、実は肩がしっかりしすぎているのが困りものなのだ。

岡本の亡母の着物は、おえんには小さかった。そこは針仕事の達人の須磨が知恵を貸してくれて、おえんの身に合うよう、仕立て直しが進んでいる。

「こんなに丁寧に針仕事をするのは初めてだわ」

ふと、おえんはつぶやいた。独り言のつもりだったが、声に出てしまったようだ。

須磨はおっとりと微笑んだ。

「おえんさんはお外に働きに出ていたのよね。家の中でじっくりと、という仕事のやり方は、あまり馴染みがなかったのでしょう」

「そうなんです。洗濯も繕い物も、見苦しくなけりゃいいわってくらいのもので、丁寧にやる暇なんてなかった。料理やら掃除やら、仕事でやるならきっちりできるのに、自分のためとなると、てんで手抜きになっちまうんですから」

「こたびはずいぶん丁寧で」

「旦那さまのお母上さまの大切な形見ですもの。大事にしなけりゃ」

須磨は手を止め、おえんの顔をのぞき込んだ。

「おえんさん、そこはね、自分の着物だからきれいに仕上げたい、と考えてしまっていいんですよ。あなた、もっと自分を大事になさい」

素直にうなずくことはできなかった。

自分を大事にすることと、我が身かわいさに独りよがりの振る舞いをすることと。その境目が、どうしても見極められない。

心にぽっかりと穴が開いている。

ひょんなことから、子を慈《いつく》しむ気持ちが自分にもあるのだと知った。血を分けた子ではなくとも、いとおしかった。助けてやりたかった。その実、助けられたのはおえんのほうで、悲しい目をしたあの子は自ら命を絶ってしまった。

壱、とおえんが呼んでいた若者がどこの寺の無縁墓地に眠っているのか、おえんは知らされていない。検《あらた》められた亡骸《なきがら》はすぐに茶毘《だび》に付《ふ》されたらしく、髪のひと房も残らなかった。

不意に、表のほうから若い女の声がした。

「ごめんください。こちら、岡本さまのお屋敷ですよね？」

聞いた覚えのある声だ。

庭の手入れをしていた熊八が受け答えをした。一言二言のうちにその様子が一変する。熊八は母屋にすっ飛んできた。

「坊ちゃまのお帰りだが、大変だ！　熱を出して倒れてしまったらしい！」

おえんも須磨も慌てて立ち上がった。

千紘は、思わず身を固くした。

母屋の勝手口から、おえんが出てきた。おえんと共に、髪に白いものの交じる女中も下駄をつっかけてきた。脚をもつれさせる女中を、おえんが支えてやる。

おえんが顔を上げ、千紘の姿を認めた。

「あら、千紘ちゃん」

目を丸くしたおえんの唇が、そんな形に動いた。

千紘はぱっと頭を下げ、おえんと女中に早口で告げた。

「岡本さまは、捕物を無事に終えた後、吐いて倒れてしまわれたそうです。お医者さまにも一応診ていただきました。熱が高いんですけど、風邪のような病ではなく、疲れがたまって体が悲鳴を上げているのだろう、ということです」

矢島家でしばし休んだ後、山蔵が呼んだ駕籠に岡本を乗せて八丁堀まで運んできた。山蔵は付き添っていない。岡本の仕事の肩代わりを別の者に頼むため、岡本が辛うじてしたためた書付《かきつけ》を手に、走り回っているのだ。

門の表で駕籠を降りた岡本を、勇実と龍治が両側から支えて、何とか歩かせている。

おえんは眉をひそめた。

「布団の支度をしてきます」

きびすを返すおえんに、千紘は声を掛けた。

「お、お手伝いしますっ」

おえんは足を止めて振り向き、女中に目で確かめてから、千紘にうなずいた。

「手伝ってちょうだい。旦那さまの具合についても教えてちょうだいね」

千紘は小走りに、おえんの後に続いて屋敷に入った。

よその屋敷というのは、馴染みのない匂いがするものだ。岡本の屋敷は何となく、がらんとしているように感じられた。独り身であるとか、奉公人も少ないとか、そんな話を前に聞いたことがある。

岡本の寝所《しんじょ》はこぢんまりとしていた。布団のほかには何も置かれていない。書《しょ》見《けん》のための部屋や着物を置いた部屋は、おそらくほかにあるのだろう。

おえんを手伝って布団を延べる。きびきびと働きながら、おえんは千紘に問うた。

「千紘ちゃん、旦那さまはいつ頃から具合が悪かったのかしら」

「一緒に捕物に出た人たちが言うには、昨日のお昼過ぎには、何だか様子がおかしかったそうです。それなのに、無理をして仕事をしていたみたい」

「熱があるのね？」

「はい。矢島家の屋敷で休んでもらっている間も、寒がったり暑がったりして、苦しそうでした」

「熱が上がっちまったり、どうにかしてそれを下げようとしたり、体の中がてんてこ舞いになっているのかしら」

「心配なのは、すぐに吐いてしまうことです。ものが食べられないのはもちろん、お薬も吐き戻してしまったんですよ」

「五臓六腑《ごぞうろっぷ》に至るまで、すっかり疲れきっちまってるんでしょうね。そうなると年寄りや赤子なら危ういけれど、旦那さまは体力があるから大丈夫よ。熱に浮かされながらも、仕事仕事と言っておられたのではない？」

「そのとおりです。どうしてわかるんですか？」

「お食事のときもそうだもの。旦那さまはお一人で召し上がるから、いつも考え事をしながら、よく独り言をつぶやいているのよ。仕事のことを、ぶつぶつとね。あたしには何が何だか、さっぱり」

おえんは押入れを開け、夜着をもう一枚出した。岡本が寒がっても暑がってもよいように、ということだろう。

千紘は、てきぱきとしたおえんの動きに見入った。

冬に見掛けたときよりも、髪や肌の艶《つや》がよいようだ。着物も帯も落ち着いた色味で品がよく、おえんに似合っている。

おえんは、何でもない世間話のように言った。

「ねえ、千紘ちゃん。あたしのこと、いろいろ心配してくれてたんですって？　ありがとうね」

お礼などされてしまうと、胸が詰まったように苦しくなる。千紘はかぶりを振った。

「そんな、わたしは何もできていません。何もできないどころか、おえんさんにひどいことをして、それっきりで。ごめんなさい。ずっと謝りたかったんです」

「何を言ってるの。謝らないでちょうだい。千紘ちゃんは悪くないわ。あたしのほうこそ、後先考えるゆとりもなくて、急に訪ねていったりしてさ、千紘ちゃんに嫌な思いをさせたでしょう。悪いことをしたわね」

千紘はまた、かぶりを振った。

そこで話は打ち切られた。勇実と龍治を支えにして、岡本が寝所にたどり着いたのだ。

あと数歩のところで、岡本は糸が切れるように脱力してしまった。歩くどころか、支えがあっても立っていられない。勇実と龍治と熊八でどうにか抱え、岡本の体を布団に横たえた。須磨が岡本の荷物を抱えて持ってきた。

勇実と龍治は汗びっしょりになって、息を切らしている。須磨はお茶を淹れると言い、熊八は岡本の汗を拭くための水を汲んでくると言って、寝所を出ていった。

岡本は小さな呻き声を漏らした後、寝入ってしまったようだ。いくぶん呼吸がせわしない。

おえんは「ごめんなさいね」と小さく言って、岡本の額や頬に触れた。

「やっぱり熱が高いのね」

千紘は、何となく落ち着かない気持ちになった。おえんの手は色気がある、と感じた。指がすんなりと長く、手の甲にはうっすらと骨の筋が浮いている。

沈黙が落ちる。

龍治が、ぱっと立ち上がった。

「俺、水汲みでも手伝ってくるよ」

言うが早いか、寝所を出ていってしまう。

千紘もそれに続こうかと思った。だが、勇実が目顔で千紘を引き止めた。おえんに話があるのだろう。とはいえ、二人きりのような場は避けたいのだ。

勇実は低い声で言った。

「おえんさんはゆうべの捕物について、何か聞いていましたか？」

「いいえ。何か特別なことでもあったの？」

「岡本さまの持ち場は、浅草聖天町だったんですよ」

おえんは眉をひそめた。

「あの料理茶屋の近所ね。あたしに話してくれるということは、火牛党の件と関わりのあることなのかしら」

勇実はうなずき、ことのあらましを話した。起こったことを伝えておかねば、おえんのためにならない。だから伝えるだけだ。そう言わんばかりの、淡々とした口ぶりである。

聞き終わったおえんは、ため息交じりに笑った。

「旦那さまったら、なぜあたしに教えてくれなかったのかしら。何もかも背負ってもらわなくったって、あたしは平気なんだけどねえ。この屋敷にいる限りは危ういこともないっていうじゃない。あの子のことを夢に見る夜も、もうなくなったのよ」

千紘は身を乗り出した。

「それでも心配になるんです。おえんさんこそ、一人で何もかも背負おうとしないでください。岡本さまもそう思っていらっしゃるはずです、きっと」

おえんは、かわいがっていた壱が自ら命を絶つとき、目をそらしもしなかったらしい。千紘は恐ろしくて、勇実に支えられ、龍治に庇ってもらいながら、何も見なかった。

勇実はおえんに問うた。

「壱の素性を聞きましたか？」

「ええ。盗人で人殺しだったのよね。若い娘に扮《ふん》して、たくさんの罪を重ねた。調べがついているぶんはすべて、旦那さまから教えてもらった。いえ、無理やり聞き出したようなもんだわね」

「怖くなりませんでしたか？　もし壱が元気になったら、おえんさんも殺されたかもしれないと、思い描いたりはしませんでしたか？」

「正直言うとね、壱を拾ったばっかりの頃は怖かったわよ。壱はあたしを知ってる様子だったのに、あたしはちっとも心当たりがないんだもの。しかもあの子、すっかり弱っちまって、目の前で死んじまうかもしれなかった。それも怖かった」

「ならば、なぜ壱を養い続けたんです？　いつ怖くなくなったんですか？」

そのとき初めて、勇実はおえんをまっすぐ見つめた。

おえんは首をかしげた。

「さあ、いつだったのかしら？　でもねえ、いちばん怖かったのは、壱があたしを庇って、やくざ者を刺し殺したときよ。何者かわからない壱があたしを知ってたことより、自分がやくざ者に刺されて死ぬことより、壱が罪を犯したことこそがいちばん怖かった」

「それは、なぜ？」

「なぜかしら。自分でもわからない。そもそも、こうやって一つひとつ問われて、考えて、言葉にするってことを、今初めてやっているの。それで初めて、ああ、あたしはいろんなことを怖がってたんだわって気がついたところよ」

龍治が、水を張った盥《たらい》を運んできた。

「女中さんが、あっちでお茶をどうぞってさ。岡本の旦那も枕元にわらわら人がいたんじゃあ、落ち着いて休めねえだろ。俺たちはさっさと退散しようぜ」

「ああ、そうだな」

勇実はあっさり立ち上がった。龍治は盥を置くと、おえんに告げた。

「おえんさんも、岡本の旦那の看病にあんまり根《こん》を詰めちゃ駄目ですよ。行こう、千紘さん」

千紘は後ろ髪を引かれるような思いで立ち上がった。

おえんは千紘の目を見て、優しく言った。

「またゆっくりできるときにね」

「手紙を書いてもかまいませんか？」

「かまわないけど、あたしは字も文も下手《へた》よ」

返事をくれるという意味だろうか。許してもらったと思ってもいいのだろうか。

千紘はお辞儀をして、岡本の寝所を辞した。


三人が去っていくと、おえんは、ふう、と肩で息をした。

盥の水に指を浸《ひた》す。ただの水ではなく、湯を入れてぬくめてある。おえんは懐から手ぬぐいを取り出し、盥の湯で湿《しめ》した。岡本の汗ばんだ額や首筋を、手ぬぐいで拭う。

おえんは、吸い寄せられるように岡本の顔を見つめた。

思いのほか、まつげが濃くて長い。鼻筋はすっと通っている。笑い皺は、目を閉じているときは消えてしまう。

乾いた唇が、不意に動いた。

「もっと話したかったんじゃねえか？」

ささやく声はかすれている。日頃の岡本は、歌うような調子で滔々《とうとう》としゃべるのに、今はやはりつらいらしい。

「話したかったって、千紘ちゃんのことですか？」

「いや、勇実どののほうだ」

「まさか」

おえんは笑い飛ばした。

岡本はまぶたを開き、まぶしそうに目を細めた。

「恨んじゃいないんだろう？　嫌っているようでもない。お互いにな」

「やだ、いつから盗み聞きしてらしたんですか」

「さあな」

「本当は、気まずいったらありゃしないんです。縁は切れなかったみたいだけど、情はとっくに切れてますから。お互いにね」

「そうかい。それじゃあ、俺がおまえさんを口説《くど》いても、勇実どのには睨まれねえんだな」

「ええ？　何をおっしゃってるんですか」

「そっけないな。俺はおまえさんのことを憎からず思ってるってのに」

熱にうるんだ岡本の目が、おえんを見つめた。

おえんはどきりとした。とっさに、ごまかすような笑みをこしらえる。

「ちょっと、どうしたんです？　熱のせいでどうかなっちまってるんじゃありません？」

「まったくだ。頭がぼんやりしやがって、抑えが利かねえ。隠し事も何もあったもんじゃないな。もっとちゃんと贈り物をして、ぜいたくをさせて喜ばせて、いい人だと信じさせて、すっかり外堀を埋めてからと、たくらんでいたんだがな」

岡本は呻きながら身を起こした。

運び込んだ荷物の中に、一尺余りの細長い布包みがある。岡本は腕を伸ばしてそれを取ると、おえんの手元に押しつけた。

「これは？」

「ちょうど昨日、俺のところに戻ってきた。おまえさんがほしくないと言うんなら処分する。刃物だから気をつけろ」

岡本はそれだけ告げると、倒れ込むようにして布団に横たわった。ふうふうと肩で息をする。

おえんは布包みをほどいた。中から出てきたのは、朴《ほお》の木でできた真新しい白鞘《しらざや》である。

「匕首？」

ほんの少しだけ、そっと刃をのぞかせてみる。刃はずいぶんと細くて薄い。

岡本は、腕を目の上に載せた格好で、けだるげに告げた。

「壱が最期に手にしていた匕首だ。調べの後、俺のところに回ってきたんで、汚れを落として研《と》ぎに出した。ひどいありさまだったようで、悪くなったところを全部研いだら、紙みたいに薄っぺらくなっちまった」

おえんの手が震えた。

匕首なんぞ、どうやって扱えばいいのかもわからない。恐ろしいものだとばかり思っていたが、間近に見た鋼《はがね》の輝きは思いがけず、澄んで美しいものだった。

おえんはしっかりと白鞘に刃を納め、布で包み直した。

「旦那さま、ありがとうございます。あたしがもらっちまって、本当にいいんですか?」

「好きにしてくれ。怪我だけはしてくれるなよ」

「はい」

「武家の女なら、守り刀を帯に差したりもするもんだ。おまえさんもそうすりゃいい」

おえんは、はいともいいえとも言えず、手ぬぐいを湯に浸した。ぎゅっと固く絞る。

「汗、拭いましょうか」

「いや、今はいい」

「寒くはありませんか」

「少し寒い。そのくせ汗が出るから、自分でもよくわからん」

「喉は渇いていませんか」

「渇いているが、いい。そのうち須磨が何か持ってくるだろう」

「では……」

おえんは息を呑んだ。

岡本の手が、おえんの手をつかんだ。大きな手だ。広い掌《てのひら》も長い指も、ひどく熱い。

「ここにいてくれ。何もしなくていいから。ただ、そばにいてほしいんだ」

岡本の閉じた目のまつげが震えた。目を開けようかどうしようかと迷っているようにも見えた。

かわいい人、と、おえんは不意に思った。おえんは両手で岡本の手を包んだ。

「ここにいますから、ゆっくりお休みなさい」

岡本はかすかにうなずいた。

「惚れた女の前で、このざまとはな。格好がつかねえ」

うわごとのようにつぶやくと、やがて、岡本は眠ってしまった。

第三話　蝶《ちょう》と燕《つばめ》

一

「この間もまた、厄介な捕物に首を突っ込んでいたんですって？」

尾花《おばな》琢馬は天神机《てんじんづくえ》に頬杖をついて、とろけるように微笑んだ。麝香《じゃこう》の匂いがふわりと漂う。

勇実は苦笑し、かゆくもない頬を掻いた。

「そんな話、誰に聞いたんです？」

「筆子の皆さんが代わる代わる、話してくれましたよ。うちのお師匠さまはこんなに格好いいんだぞ、とね」

「代わる代わる話せるほどのことは、筆子たちには伝えなかったはずなんですが」

「お師匠さまが意地悪をして教えてくれないから、矢島道場の大人たちに尋ねて回って、詳しい話をつかんだのだと言っていましたね。ほら、あの小さな体つきの、遠くから通ってきている秀才どのですよ」

「鞠千代《まりちよ》ですね。すっかりやんちゃになってしまったものだ。二年ほど前、ここに初めて来たときは、聞き分けがよすぎて痛々しいほどだったんですよ」

「よいことではありませんか。今年の初午《はつうま》にも、新たな筆子を迎えたんでしょう？」

二月の最初の午の日、すなわち初午の日は、江戸じゅうの稲荷で祭りがおこなわれるが、手習い入門の日でもある。新たな筆子が親に連れられてやって来るので、勇実は毎年、稲荷の祭りどころではない。

「今年は三人迎えました。鞠千代は今年で九つなんですが、年下の筆子が初めて入ってきたので、世話を焼いてやろうと張り切っていますよ。同じ九つの十蔵《じゅうぞう》や才之介《さいのすけ》も、急にしっかりしてきました」

「いい子たちだ。お師匠さまに似たんでしょう」

琢馬は喉を鳴らすようにして笑った。

昼八つ（午後二時頃）を過ぎた手習所には、勇実と筆子の白太《しろた》だけが残っていた。今年で十三の白太は、ほかの筆子が帰ってしまっても、根気強く書き取りを続けている。

やがて白太が顔を上げた。

「勇実先生」

「終わったか？」

「うん」

「よくできたな。道具を片づけて、遅くならないうちに帰りなさい。寄り道するんじゃないぞ」

白太はこっくりとうなずいた。

おや、と琢馬は目を丸くしてみせた。

「白太さんはいたずらっ子に見えませんが、寄り道なんかするんですか」

「だって、虫がいるから。絵を描きたくなるんです。花もたくさん咲いてるでしょう」

「ああ、なるほど。ちょうど今の時季はすっかり暖かくなって、虫も花もにぎやかですからね。つい足を止めてしまうのもわかりますよ」

白太は目をきらきらさせた。

「尾花さまも？」

「ええ、同じです。風流ではありませんか。八重桜《やえざくら》やつつじ、藤《ふじ》のように人目を惹く彩《いろど》りの花もいいし、路地裏にもたくましく咲く蓮華《れんげ》や母子草《ははこぐさ》なんかも素敵ですね」

「花は全部、きれいで、かわいい。尾花さまは、虫より花のほうが好き？」

「虫はあまり詳しくないのですよ。そのうち教えてくださいね」

「うん、わかった、じゃなくて、承知いたしました」

白太が身の丈に合わないほど丁寧な言葉をいきなり使ったので、勇実はつい噴き出してしまった。琢馬は笑いながらも、白太に合わせて厳《いか》めしい言葉を使ってみせた。

「ぜひともお頼み申し上げますぞ」

読み書きの苦手な白太ではあるが、虫や花にかけては誰よりも詳しい。絵を描く才もずば抜けている。目で見たものを瞬時に覚え、それを紙の上にそのまま写し出すことができる。

白太の住まいは、本所相生町から少し離れている。日本橋田所町《にほんばしたどころちょう》からわざわざ通ってくるのは、ほかの手習所で「手に負えない」と言われてしまったからだった。白太が母親に連れられて勇実のもとを訪ねてきたのは、もう四年前のことになる。

その頃の白太は、いつまで経っても書字《しょじ》やそろばんが身につかないため、極端に頭の悪い子供だと思われていた。舌足らずな話し方のせいもあっただろう。

初めて白太がこの手習所を訪れた日、勇実は白太に筆を持たせ、紙を広げて「好きなものを書いてごらん」と言った。初めましての子供には、必ずそうさせる。それが父、源三郎のやり方だった。

勇実自身は漢文の読み解きを得意とし、書字に関して苦労したことがない。だからおのずと、筆を持った子供が書くのは字に違いない、と思ってしまっていた。手習所に初めて来る子供でも、自分の名前くらいは書けることが多いのだ。

しかし、白太は字を書かなかった。右手に持たせた筆を左手に持ち替え、じっと勇実の顔を見つめると、いきなり絵を描き始めたのだった。

初めに両目から描いたのを、よく覚えている。眉まで描き加えれば、白太のまわりで見物していた筆子たちは「勇実先生だ」と、すぐに言い当てた。

白太は嬉しそうににっこりして、あっという間に勇実の似顔絵を仕上げてしまった。

好きなものを「かく」ように言われて、今まさに描いてみたいと感じたものを、白太は描いた。こうやって自分の思いを表すやり方もあるのだと、勇実は白太に教えられた。

「勇実先生、尾花さま、さようなら」

ぺこりと頭を下げた白太が帰っていくのを、琢馬は名残惜《なごりお》しげに見送った。

琢馬との付き合いは、そろそろ一年半ほどになる。勘定所の上役、遠山景晋《とおやまかげみち》の意を受けて、勇実を引き抜くために訪ねてきたのが始まりだった。

ご公儀の役所勤めがどういうものなのか、勇実はまったく知らない。父の源三郎がかつて勘定所にいて敏腕で鳴らしていたと聞いても、ぴんとこなかった。

引き抜きの話にうなずかず、手習いの師匠を続けている勇実は、変わり者かもしれない。しかし、きちんとしたお役に就いてみても、自分が侍らしい男になれるとは思えない。

役所勤めは向いていないと、勇実は再三、琢馬に告げている。それでも琢馬が訪ねてくるのは、引き抜きの話をあきらめていないからか、単に勇実や筆子たちと遊びたいからか。

障子を開け放っていると、暖かな日差しが心地よい。庭は春爛漫である。

先ほど龍治が犬の正宗や幾人かの門下生を連れて、近所を走りに行った。鳥のさえずりが聞こえてくるばかりで、矢島家の広い庭は静かなものだ。

勇実は、庭を眺める琢馬の隣に立ち、伸びをした。

「こんな陽気の昼下がりは眠くなりますね」

「まったくです。そういえば、千紘さんは？」

「筆子のところですよ。近所の御家人の娘さんに教えに行っているんです。そろそろ戻る頃だと思いますが。千紘に用事でも？」

「いえ、そうではなく、千紘さんがいないほうが好都合です。勇実さんと内緒話をしたいと思いまして」

冗談めかして言った後、琢馬は真顔になった。

「何の話でしょう？」

「例の捕物の件、気になることがあったので、少し詳しく教えてもらえませんか」

勇実は訝《いぶか》しく思った。琢馬の顔に、あまり見ない表情がある。目つきが妙に暗いのと同時に、両目の奥に異様な光があるのだ。

「詳しくというのは、どのあたりの話をすればいいのか……何がどんなふうに気になっているんです？」

琢馬は、いつになく低い声で答えた。

「浅草新鳥越町の赤座屋騒動、評判になっていましたよね。あの件に勇実さんたちも絡んでいたと聞きました。それから先日の、浅草聖天町での捕物。これも赤座屋騒動の余波で、勇実さんたちが危うい目に遭《あ》いかけたのでしょう？」

勇実は眉をひそめた。

「そんな話を筆子たちがしていましたか？」

二月二十日の庚申の夜、勇実たちは捕物に駆り出された。翌日には何食わぬ顔で手習所を開くつもりだったが、あいにく岡本が倒れてしまったので、手習いは将太《しょうた》ひとりに任せることになった。

手習いを休んだわけを、勇実はざっと筆子たちに告げた。しかし、捕物の場所については教えなかった。赤座屋騒動の余波だというのも言わなかった。

琢馬は答えた。

「先ほど、手習いを終えた筆子たちから捕物の話を聞いたのは本当です。しかし、そこで話を聞くより前から、いくらか調べてきていたんですよ。いや、調べるというほどでもない。深く調べたいわけでもない。でも、知らずにいるわけにもいかない」

「琢馬さん、どうしたんです？　もしかして、先の騒動と何か関わりでもあるんですか？」

いつも笑みを浮かべている琢馬の口元が苦しそうに歪んだ。食い縛る歯の隙間から、琢馬は声を絞り出した。

「四年前、兄は出先で倒れ、そのまま死にました。道端に倒れていたという話だった。浅草新鳥越町の道端です。いまだにその地の名前を聞くと、心の臓が騒いでしまいます。私にとって、どうしようもなく不吉な響きなんですよ」

尾花家の嫡男であった兄の死を受けて、琢馬は放蕩《ほうとう》暮らしから足を洗った。それからは勘定奉行である遠山の役に立つべく、勘定所内外での役目に勤《いそ》しんでいる。

放蕩暮らしをしていた頃の名残を、琢馬は時たまのぞかせる。だが、兄の死について話してくれたのは初めてだ。

「琢馬さん、お互い、ちょっと腹を割って話しましょうか。人死《ひとじ》にが絡んだ話となれば、知らんぷりもしていられません」

「聞いてもらえますか」

「もちろんです。私の知っていることはほんの少しですが、火牛党とその周辺に関して、話せることを話します」

勇実は、手習所の小さな土間の台所から麦湯を二人ぶん持ってきた。琢馬は口を湿し、庭のほうに向かって、ささやくように語り始めた。

「兄の死は、わからないことだらけなんです。きまじめで、勤めに出《で》る以外は出不精《ぶしょう》だった兄が、なぜ浅草に行ったのか。持病もなかったはずなのに、なぜ倒れたのか。すぐに調べるべきでした。でも、四年前の私は目を背《そむ》けてしまった」

「お兄上の死は病のせいではなかった、と琢馬さんは考えているんですね」

琢馬はうなずいた。

「兄のまわりがきな臭いことは、たまに会うだけでも感じ取れたんです」

「敵がいた？」

「ええ。それどころか、兄のまわりは敵だらけでした。兄の人柄ではなく、立場がそうさせたんです。私は兄を守ってやるべきだった。せめて敵を討ってやるべきだった。ですが、こんなに時が経ってしまっては、もう調べようもないでしょう」

「そうかもしれませんね」

「私は自分が情けない」

琢馬はいつしか、己の膝に爪を立てていた。勇実はその手をそっと叩いて、自らを傷つけることをやめさせた。

「自分を責めないでくださいよ。お兄上の身に急にそんなことが起これば、戸惑って当然です。起こったことを直視できないのも致し方ないでしょう」

「恋人に当たり散らして愛想を尽かされて、逃げるように実家に戻って兄の後を継いで、過去の自分を忘れるために、新しい自分へと作り替えて。逃げてばかりだ。本当にろくでもない男なんですよ、私は」

琢馬はそっと自嘲の笑みを浮かべた。そんな笑い方では、人の心をとろかすような目尻の笑い皺はできない。寂しげな顔だった。

二

今年から、千紘は大見《おおみ》家《け》の一人娘、齢十一の桐《きり》に手習いの指南をしている。本所相生町五丁目にある大見家の屋敷に赴《おもむ》いて、教えているのだ。

桐はもともと百登枝の手習所に通ってきていた。しかし、百登枝の体調が思わしくないため、どうしても休みが多い。桐は手習いがすっかり遅れてしまった。お花の稽古などで年頃の近い娘たちと顔を合わせると、悔しい思いをさせられることもあるという。

千紘は何とかして桐の力になりたいと考えている。だが、人にものを教えるのは難しい。今までも百登枝の手伝いをしてきたとはいえ、所詮《しょせん》は手伝いだったのだと痛感する。

桐は素直で根気強い。千紘の拙《つたな》い指南にもついてきてくれる。

「千紘先生、一緒に学んでいきましょう」

そんなふうに言ってくれるから、千紘としても心強い。

桐の父は役方《やくかた》の仕事に就いている。とはいえ、一家の暮らし向きはさほど裕福なわけではないらしい。

大見家のこぢんまりとした庭には、ひょろひょろした青菜が植えられている。見よう見真似で三年ほど前から育てて、おかずの足しにしているという。

桐は、庭の青菜の世話をよくしている。一緒に庭に出ると、大きな目をきらきらさせて、水やりや草取りのやり方を教えてくれた。

「わたし、前は菜っ葉やねぎが嫌いだったの。でも、自分で育てるようになったら、大好きになったんです」

桐は得意げだった。

千紘は菊香のことを思った。菊香の住む屋敷の庭も手入れが行き届いており、いつの時季にも花が咲いている。野菜なども少し植えてあったはずだ。

このところ、菊香と会って話す機会が減った。千紘が少し忙しくなったためだ。くるくると動き回るのは好きで、退屈するよりずっといいが、菊香の顔を見られないのは寂しい。

兄上さまも寂しい思いをしているはずね、と千紘は思った。

それから、思い出し笑いをした。菊香への気持ちを問えば、勇実ははぐらかすばかりだ。しかしそのくせ、菊香と会った後はあからさまに機嫌がいいのだ。

正月に貞次郎の見合いに付き添ったときは、とりわけわかりやすかった。その日拾ってきた花びらを懐紙《かいし》から取り出して見つめ、そっと微笑んでいるのを、千紘もお吉も目にしている。

桐の手習いは昼八つ頃に終わる。その後、桐のお行儀の稽古も兼ねてお茶を点《た》てたり淹れたりしてもらい、一息ついてから、千紘は帰路に就く。

大見家の屋敷から白瀧家と矢島家までは、目と鼻の先だ。せかせかと早足で歩けば、あっという間である。

あら、と千紘は足を止めた。

矢島家の門のところに、中をのぞき込む人の姿がある。背格好からして大人の男だ。

「誰かしら」

千紘は訝しく思った。

男は、まるで隠れ鬼をする子供のように、門と垣根に身を潜ませて、目元だけでこっそりと中をのぞいている。

身を潜ませるといっても、千紘にとっては丸見えだ。のぞき見と呼ぶにも間が抜けている。

誰を見ているのだろうか。

若い娘が二人か三人で、そんなふうに門から矢島家のほうをのぞく様子は、今までにも目にしたことがあった。娘たちはくすくす笑い合いながら、道場の男前たちの品定めをするのだ。

その男も、似たような身の上なのだろうか。惚れた相手を一目でも見たくて、あんなことをしているのか。

男が男に惚れるのも、さして珍しいことではないらしい。色恋の情は衆道《しゅどう》こそ純粋で熱烈だ、という話も聞いたことがある。衆道を描いた黄表紙が大好きな娘が、かつて百登枝の手習所にいたのだ。

いや、もしかしたら、あの男には別の用事があるのかもしれない。

与一郎も龍治も誰かに恨まれるような人柄ではない。だが、捕物に加勢したり、町で喧嘩の仲裁をしたりと、目立っている。そのため、報復や道場破りといった危うい目に遭ったことが、もはや一度や二度ではない。

寅吉も、今でこそ忠犬のように矢島道場に懐いているが、初めは道場破りだった。てんで弱かったので事なきを得たが、もっと狡猾《こうかつ》で凶暴な敵であればどうなっていたことか。

千紘は意を決して、その男に近づいた。

「もし。道場に何かご用でしょうか?」

男は、ひっ、と悲鳴を上げて跳び上がった。

のっぺりとした顔に切れ長の目の、整った顔立ちをした男である。男としては首筋がすんなりと細く、色白な肌はびっくりするほど美しい。

見たことのない顔だ。柔和《にゅうわ》な感じのする本多髷《ほんだまげ》に、格子縞《こうしじま》の着流しで、こぎれいななりをしている。

しかし、怪しい。驚いているというより、怯えている。切れ長な目尻が裂けんばかりに目を剝いて、びくびく震えているのだ。

千紘は声を大きくした。

「先ほどから道場のほうをのぞいていますよね？　どちらさまでしょう？　誰かにご用がおありですか？」

男は震えながら首を左右に振った。年頃は、二十をいくつか越えたところだろうか。体の線が細い。町人の格好をしているし、道場への入門を考えている者とも見えない。

一体、何者なのか。

千紘は男をつかまえようと、ぱっと手を伸ばした。男はまた悲鳴を上げ、顔を覆いながら逃げ出した。

「あっ、ちょっと、待ちなさい！」

千紘は大声を出した。男が止まるはずもない。

道の向こう側に男の子が現れ、通せんぼするように両手を広げた。白太である。

男は白太を避けようとして、危うくつんのめりそうになった。男の手が振り回され、白太の腕をかすめる。

びっくりした白太が尻もちをついた。

男は、その隙をついて走り去った。

「白太ちゃん、大丈夫？」

千紘は白太に駆け寄った。白太は自分で立ち上がって、千紘ににっこりしてみせた。

「大丈夫。でも、つかまえられなかった」

「仕方ないわ。白太ちゃんに怪我がないなら、それでいいの」

矢島家の門から勇実と琢馬が出てきた。千紘の大声を聞きつけてのことだろう。

「千紘、何があった？」

勇実が険しい顔で尋ねた。

「見知らぬ男が道場のほうをのぞいていたんです」

「道場を？　しかし、今は誰もいないぞ。龍治さんや門下生は走りに出ているし、与一郎先生は出稽古だ」

琢馬は顎をつまむそぶりをした。

「誰もいないからこそ、様子をうかがっていたのかもしれませんよ。よからぬ企《くわだ》てのための下調べ、とも考えられるでしょう」

千紘は小首をかしげた。

「わたしもそう考えたんですけど、その割りにはあっさり逃げたというか、びくびくしていたというか。肝が据わっていない感じでした」

「やましいところがあるんでしょうかねえ。白太さん、その男の顔は見ましたか？」

「ちょっとだけ」

「絵に描くことはできそうですか？」

「うちに帰って、やってみます」

琢馬は優しくうなずくと、勇実に声を掛けた。

「我々で白太さんを家まで送り届けましょう。このまま一人で帰すのは、ちょっと気が引けますよ。その怪しい男が道中に潜んでいるかもしれませんからね」

勇実はうなずいた。

「確かに。では、その帰りにつき屋にでも寄って、今しがたの話の続きといきましょう」

にぎやかな声が、千紘の後ろのほうから聞こえてきた。龍治と正宗を先頭に、道場の門下生たちが走ってきたのだ。

千紘は頬を膨らませた。

「もう、肝心なときにいないんだから」

汗びっしょりの龍治は、きょとんと目を丸くした。

「何かあったのか？」

「皆さんが揃ってから話します。はぐれずについてきてるかどうか、確かめるのが先でしょう？」

「ああ、そうだな」

息せき切った門下生たちが、次々と門前に到着する。龍治は弾む足取りで走り出し、遅れている門下生を迎えに行った。

三

翌日、桐の手習いから戻った千紘は、思いがけない二人に出迎えられた。

白太と、名も知らぬ若い男である。千紘の姿を通りに見つけた白太は、男の手を引っ張って、千紘のほうへ駆けてきた。

千紘はびっくりしてしまった。

「白太ちゃん、その人、つかまえたの？」

昨日の同じ刻限に矢島家の門から中をのぞいていた男だ。

ほっそりとしたその男は、腰を二つに折り曲げるお辞儀をした。

「昨日はお騒がせして、あいすみませんでした。あたしは燕助《えんすけ》と申します。あの、こちらの坊ちゃんに怪我をさせちまったんではないかと気掛かりで、ええと……」

燕助は困り果てた様子でうつむき、唇のあたりを指で触れた。伏し目がちにまばたきをすると、妙に色気がある。それも、若い娘のような、かわいらしい色気だ。

千紘はつい、燕助の立ち居振る舞いに目を奪われた。

白太は燕助を見上げ、にっと笑った。

「おいら、怪我なんかしてないよ」

「でも、謝るのが筋だと思いまして。それに、あたしにはもうあまり時がありませんから、心残りをそのままにしておきたくなくって、またここへ来ちまったんです」

千紘は尋ねた。

「時がないというのは、どういうことですか？」

「あたしが江戸にいられるのはあと幾日もない、という意味です。だから、最後にどうしても一目お会いしたくなって……そのくせ、いざとなったら踏ん切りがつかなくって。ああ、どうしたらいいのか……」

燕助は言い淀《よど》んだ。

不思議と人の目を惹きつけるものがある。

何気ない立ち姿や、ひそめられた眉、うっすら開いた唇が、どれをとっても錦絵のようにさまになっている。尖った喉仏のある喉から発せられる声も、どことなく柔らかくて艶《つや》がある。

白太は燕助に訊いた。

「役者をやめるの？」

燕助は大げさなほどにのけぞった。

「あ、あたしが役者だと、なぜわかったんです？」

なるほどと、それで千紘も合点《がてん》がいった。燕助は女形《おんながた》の役者なのだろう。燕助は男の身なりでありつつ、女っぽさがにじみ出ている。匂い立つような艶《あで》やかさというのは、こういうことなのだろうか。

千紘は、言葉に詰まりがちな白太に助け船を出した。

「白太ちゃんのお祖父さんは絵師なのよね？　だから、白太ちゃんも役者さんを間近に見ることがある。それで、燕助さんが役者だと気がついたんでしょう」

「うん。おいら、役者の大人とも友達なの」

燕助は、恥じらうように口元を覆った。

「売れないままに枯れゆく半端者《はんぱもの》です。もう若くもありませんし、化粧道具も女物の着物も何もかも、手放してしまいました。あとは江戸を発《た》つばかり」

千紘は、白太と燕助に尋ねた。

「よろしかったら、座ってお話ししませんか？　白太ちゃんも一緒に、うちの屋敷でお茶を飲みながら、燕助さんのお話を聞いてみたいのですけれど。ああ、うちというのは、矢島家のお隣です。わたしは白瀧千紘と申します」

白太はこっくりとうなずいた。燕助は小首をかしげた。

「千紘さんのお名前は、白太ちゃんから教えてもらいました。矢島家のお嬢さんではなく、そのお隣のお嬢さんだということも」

「そうでしたか。それで、いかがでしょう？　お暇はありますか？」

「ええ。あたしの話を聞いてもらって、よろしゅうございますか？」

千紘はうなずき、先に立って歩き出した。

屋敷に戻ると、ちょうど誰もいなかった。

とはいえ、勇実の刀は床の間の刀掛けにあるし、お吉もやりかけの針仕事をそのままにしている。おそらく二人とも矢島家のほうにいるのだ。

台所には麦湯があった。千紘は、ほどよくぬるくなった麦湯を三人ぶん湯呑に注ぎ、縁側に面した部屋に向かった。

白太と燕助は、もう打ち解けていた。

「何をはしゃいでいるんです？」

燕助は気恥ずかしそうに、一枚の紙を指し示した。

「白太ちゃんが描いたんですって。昨日逃げたあたしをつかまえるために、見たとおりの姿を」

描かれているのは、横向きの燕助の姿だ。祈るように両手を合わせ、身を乗り出して目を凝《こ》らし、誰かを見つめている。

千紘が目にしたのも、まさにこんな様子の燕助だった。白太とは逆のほうから、同じ姿を見ていたのだ。

「やっぱりすごいわね、白太ちゃん。そっくりだし、気配まで伝わってくるみたいだわ」

白太は得意そうな笑顔になった。口元をもぞもぞさせているのは、何か言いたいけれど、言葉が思いに追いつかないせいだ。

燕助は麦湯で口を湿すと、話を切り出した。

「あたしが昨日見ておりましたのは、道場ではありません。あのとき、ちょっと前に、幾人もの若者たちが外に走っていきましたよね。足腰の鍛錬だと声を掛け合いながら。それで、ひとけがなくなったのを見計らって、庭の奥の離れを見ていたんです」

千紘と白太は顔を見合わせた。

「矢島家の離れでは、手習所を営んでいるんです。昨日は白太ちゃんがおしまいまで残っていたのかしら？」

「うん。おいら、いつも遅いから。それで、勇実先生がいつも待っててくれる。昨日は尾花さまもいた。虫や花のことをしゃべったの。尾花さまは、花をたくさん知ってた」

燕助は白太の話にうなずきながら、まぶしそうに微笑んだ。その様子を見ているだけで、千紘は燕助のまなざしの先に誰がいたのか、わかってしまった。

「なるほど。燕助さんは琢馬さまを見ていらしたんですね。もしかして、琢馬さまの後をつけて、ここにたどり着いたんじゃありません？」

燕助はたちまち顔を強張らせ、背筋を伸ばして、這《は》いつくばるように頭を下げた。

「このことはどうぞ、琢さまには告げないでください。後をつけていたなんて知られたら、どう思われることか。黙っていてください。後生です、お願いします」

「それはかまいませんけれど。でも、あんなに熱心に見つめていたんですもの、何か深いわけがあるんでしょう？　一体どういうことなんです？　それに、燕助さんは琢馬さまといつどこで知り合いになったんですか？」

白太は燕助の肩をつかみ、えいっと押し上げるようにして、身を起こさせた。

「あのね、おいらはね、尾花さまが初めてのお客さんなんです。尾花さまが絵を買ってくれたの。おいらが描いた、まつむしの絵。髷の小さいお爺《じい》さんが、まつむしを三匹連れてきたときに、尾花さまも一緒に来た。それが最初でした」

白太が言っているのは、一年半ほど前に琢馬が初めて勇実を訪ねてきたときのことだ。

髷の小さいお爺さん、すなわち小普請組支配組頭《こぶしんぐみしはいくみがしら》の酒井孝右衛門《さかいこうえもん》が、琢馬をここへ案内してきた。孝右衛門は勤めの傍ら、声のよい虫を育てている。その筆頭であるまつむしを、あの日、孝右衛門は持参していた。

虫の好きな白太は、千紘の見ている目の前で、あっという間に三匹のまつむしの姿を紙に写し取った。白太に教えられてよくよく見れば、同じまつむしといっても、体の大きさや翅《はね》の形が一匹ずつ異なっているものだ。

そのときのまつむしの絵を、後ほど琢馬が買い求めたらしい。また別のときには、琢馬の案で白太が蝶の絵を描き、その絵をほしがる人に売ってあげたという。

白太のたどたどしい話を、千紘がときどき補ってやって、燕助に説き聞かせた。白太の目に映る琢馬は、勘定所勤めの切れ者ではなく、風流でお洒落で優しいお兄さんだ。白太はそんな琢馬を心底慕っている。

「尾花さまも、おいらの手習いが済むまで、待っててくれるんです。それで、おいらの絵、好きって言ってくれるんですよ」

燕助は白太の話を嬉しそうに聞いていた。何度も何度もうなずいて、ときにくすぐったそうな顔をしながら。

その顔つきがいくぶん曇ったのは、千紘に問いをぶつけたときだった。

「千紘さん、あなたはどうなんです？　琢さまのことをどんなふうに思って……いえ、この際きっちり訊いちまいましょう。琢さまとはどんな間柄なんですか？」

思いがけない問いである。千紘は小首をかしげた。

「どんなって、琢馬さまは兄のお友達です。それから、父はかつて勘定所に勤めていたので、琢馬さまのお役の上での先達《せんだつ》にあたるようですね」

「あなたのお兄さまが、琢さまと友達？　琢さまが訪ねた相手は、あなたではなく、あなたのお兄さまなんですか？」

「はい。昨日のように、琢馬さまはときどき兄のところに遊びに来るんですよ。遊ぶといっても、世間話をするくらいですけれど、それがお互いにとって気晴らしになるみたい。何となく気が合うらしいんですよね」

白太が請け合った。

「尾花さまは、手習いが終わる頃に来て、みんなと話すの。筆子のみんな、尾花さまのこと、知ってるよ」

「琢さまが子供たちと話すですって？　あなただけではなく、ほかの子供とも？」

「うん」

燕助はぎこちない笑みをこしらえた。

「あたしが知ってた頃の琢さまは、子供が苦手だとおっしゃっていたんですよ。何を話しゃいいのかわからねえ、泣かれたらどうすりゃいいんだ、と」

燕助は琢馬の言葉をなぞってみせたようだが、千紘も白太もぴんとこなかった。琢馬はいつも物腰が柔らかで、筆子を相手にするときも丁寧な言葉を使っている。

「琢馬さまって、燕助さんの前ではそういう荒っぽいお話の仕方をするんですか？」

「あたしの前だけではなく、誰の前でもそんなふうでしたよ。きちんとした武家のお坊ちゃんなのに、とても気さくで。でも、どんなに行儀の悪いふりをしたって、品のよさってもんはにじみ出るんですよ」

白太が、はたと思い至った様子で身を乗り出した。

「尾花さまは派手な着物が好き。前は、花や蝶の模様の着物だったんだって。今も、羽織の裏地が、花の模様なの。いろんな花の羽織を持ってるんだって。おいらが見せてって言ったら、見せてくれる」

燕助の顔が、ぱっと輝いた。

「そう、そうなんです。琢さまはお顔も立ち姿も華やかで、派手な花模様の着物がよく似合ってらっしゃった。あたしは、琢さまのお顔に化粧をしてあげることもあったんですよ。目尻にすっと紅を引くと、とんでもなく格好がよくて」

燕助は胸を押さえ、目を閉じて息をついた。

心の臓がどきどきしているのだろう。千紘にも、そのときめきが伝わってきた。千紘は、確かめる口ぶりで問うた。

「琢馬さまのこと、慕っているんですね」

燕助はうなずいた。

「でも、もう縁は切れています。四年も前に」

「四年前というと、琢馬さまが支配勘定のお役に就いた頃でしょうか?」

「はい。あたしにとっちゃ、寝耳に水でした。あの琢さまが本当にお侍らしい道に進んじまうなんて。あっち側には戻らねえって、常々言っていたのに」

「兄上さまが亡くなられたからだと聞きました。だから、急に琢馬さまがお家を継ぐことになったんですよね」

「本当に急でした。明日ここを出ていくぜって、いきなり告げられて、ちょっと出掛けるくらいのことかと初めは思ってたんですけど、二度と戻ってきやしませんでした」

燕助は身振り手振りを交えて話した。その仕草とまなざしを見ていると、燕助のすぐ隣に琢馬がいたことと、追っていけないところに行ってしまったことを感じ取れた。

ここを出ていく、というのは、遊び人として過ごした浅草を離れる、という意味だけではあるまい。琢馬が言った「ここ」とは、きっと燕助の住《す》み家《か》のことだ。

「親しいお付き合いをしていたんですね」

言葉を選びながら尋ねた千紘に、燕助は笑った。

「どうでしょうか。親しかったかしらん。楽しいばかりの付き合いじゃありませんでしたよ。琢さまは案外怒りっぽかったし、へそを曲げたらそれっきり。あたしもむきになっちまうたちだから」

「喧嘩ばかりだったんですか？　燕助さんは穏やかそうなのに」

「いえいえ。意地っ張りですよ、あたしは。つい突き放しちまっていたんです。琢さまがあたしに情けをかけてくれるたび、そういう半端な優しさが嫌いなんだって……いえ、こんなんじゃあ、わけがわかりませんよね。初めから話します」

燕助が琢馬と出会ったのは、十年前のことだった。

齢二十の琢馬は、すでに浅草奥山《おくやま》で名前も顔も売れていた。

役者も太刀打ちできないような男前だった。それでいて、そこらのごろつき風情ではまったく歯が立たないほど喧嘩が強く、琢馬に刀を抜かせておいて無事で済む者はいないと、もっぱらの噂だった。

武家生まれのやくざ者はいくらでもいる。しかし、琢馬は一種独特だった。腕が立って自信たっぷりで、いっそ傲慢《ごうまん》に見えるほどだったが、不思議な愛敬《あいきよう》があったのだ。

危うい男かと思えば、他愛もない滑稽本《こっけいぼん》で無邪気に笑う。数々の浮名を流しているくせに、存外照れ屋でもある。これと決まった取り巻きを連れていないが、どの店や賭場《とば》に行っても子分格の者がいる。

矢立《やたて》を持ち歩いており、ふとしたときに歌を詠んでいた。古歌を踏まえた正統なものが多かった。

遊びの場などで、博徒《ばくと》やごろつきがひょいと琢馬の歌をのぞき込む。小難しくてわかりゃしねえと鼻で笑い、琢馬の歌道楽を小馬鹿にする。

そういうときがいちばん、琢馬は機嫌が悪くなった。鋭い目で一瞥《いちべつ》すると、すかさず相手を殴り飛ばすのだ。気が短くて手が早く、ひとたび荒れれば嵐のようだった。

「あたしが琢さまに気に入られたのは、歌を通じてのことでした。琢さまが詠んだ歌をね、見せてもらったとき、たまたまその本歌を知ってたんですよ。それを口ずさんだら、おまえ、わかってるじゃねえかって、それはそれは嬉しそうな顔をしたんです」

「どんな歌だったんですか？」

燕助はちらりと白太を見て、口の前に戸を立てる仕草をした。

「琢さまが詠んだのは、大人の色恋の歌でしたよ。ここではちょっと言えません。でも、本歌のほうなら。こういう歌です」

燕来るときになりぬと雁《かり》がねは国偲《おも》ひつつ雲隠《くもがく》り鳴く
春になり、燕がこの世へとやって来る頃になった。それと入れ替わりに、雁は故郷を偲《しの》びながら雲隠れして、鳴いている。

『万葉集』に載っている歌だという。

燕助は、朗々《ろうろう》と声を張り上げてみせた。男らしい声をこしらえた吟《ぎん》じ方《かた》は、琢馬を思い描いてのことだろうか。

「あたしも生まれ育ちは貧しくないもんで、家には本がたくさんあったんですよ。祖父が歌集を好んでいて、よく教えてもらったんです」

「燕の歌って、古くからあるんですね」

「さほど多くはないようですけれども。でも、だからこそ覚えていたんですよ。琢さまがその燕の歌を本歌取りして、あたしが琢さまの歌を誉めたのは、まったくの偶然。ご縁というものだったんでしょうね」

燕助はその頃、齢十八の女形だった。女形で十八といえば、娘姿で客を呼ぶには、そろそろ「とうが立ってきた」と言われる年頃である。

その道の通が好むのは、やはり頬に丸みがあって肌がすべすべした十四、五の少年だ。髭を剃る年頃になれば、肌はごわつき、化粧に脂が染みるようになる。頬や顎の骨が太く目立ってもくる。そうなると、若衆としての値打ちは下がってしまう。

姿だけではもう勝負できないと、十八の燕助は焦っていた。女形としての演技で突き抜けているなら、容色が衰えたという声など、跳ね返せただろう。

しかし、その点でも燕助はぱっとしなかった。下手ではないが、無難に過ぎて印象に残らないのだ。

燕助は、寺社境内《けいだい》でおこなう「掛け芝居」の一座に身を置いていた。小さな一座で、演目の多くは世話物《せわもの》、中でも色恋の話をもっぱらにしていた。

掛け芝居は「小芝居」とも呼ばれる。これに対して「大芝居」は歌舞伎だ。歌舞伎はご公儀の許しを受けた小屋を持ち、花道や廻り舞台などを使った大掛かりな芝居を打つのである。

燕助が芝居の道に入ったのは、郷里の箱根《はこね》で旅芝居に親しんでいたからだった。江戸から来た旅芝居の一座は華やかだった。江戸では数多くの小芝居が打たれ、さらに大芝居は別格なのだと、一座の者たちから聞いた。

歌舞伎の舞台を踏むことはかなうまい、と燕助もわかっていた。燕助は江戸の生まれでもなければ、役者の血筋を引いてもいないのだ。けれども小芝居ならば、と憧れは募《つの》っていった。

十五のとき、とうとう家出をして江戸に出てきた。行くあてなどまったくなかったが、何となく足を止めた掛け芝居の座長が同じ箱根の出身で、その縁で一座に転がり込んだ。

「それから十三年になります。ぱっとしない一座だったけど、あたしは座長に恩義を感じていたから、よそに行くこともできずに、ずるずるとそのまんまでした」

千紘は思わず声を上げた。

「さっきからもしやと思っていたのですけれど、燕助さんって、今二十八なんですか？」

「ええ。大年増もいいところです」

燕助は恥ずかしそうに頰に手を当てた。千紘はめまいを覚えるような心地だった。

「信じられない。二十をちょっと出たくらいかと思ってました。だって、お肌がきれいなんですもの」

「あら、嬉しい」

「どうしたらそんなにお肌をもちもちに保てるんですか？　わたし、前の冬は鼻の頭や目元が乾いて、皮まで剝けてしまって悩んだんです。春になったらなったで、脂と埃《ほこり》のせいでお肌が荒れてしまって……」

まくし立てていた千紘は、はたと、恥ずかしくなって口をつぐんだ。

肌荒れで悩んでいることなど、誰にも話したことがない。龍治の肌がきれいなのを見ては、こっそりため息をつくばかりだったのだ。

白太がきょとんとして、目をぱちくりさせている。まだ幼い白太の肌もまた、そばかすこそあるものの、きめが細かくてすべすべしている。うらやましい。

燕助は柔和に微笑んだ。年を知った上でよく見れば、なるほど、笑った目元にできる皺は青二才のものではない。色気のある目元だ。

「へちまの化粧水を使うだけですよ。使い方にこつはありますけどね。教えましょうか？」

「そ、そうですね。でも、まずはお話を聞きたいです。続けてください」

「ああ、どこまで話しましたっけ。そう、人気のない一座で、あたしは一応、看板の女形だったんですよ。その道に入ったのが遅かった割りには芸がすぐ身についたほうでした」

燕助は器用だった。だが、それだけだった。

さほど人気の上がらない一座で、惚れた腫《は》れたの芝居を見せて、かつかつの暮らしを送っていた。

ごく若いうちは、それでも贔屓《ひいき》がついていた。芝居を打った後に食事をおごってもらえることもあった。ほんのひととき、恋人同士のように手をつないで、宴の席に侍《はべ》る。その程度の愛想を売るだけで、数日暮らせる金をもらえたものだ。

しかし、何もせずともかわいがってもらえたのも、十七の頃までだった。年が明けて十八になると、そろそろ潮時だからと最後の小遣いを寄越して、贔屓の客は離れていった。

燕助が琢馬と出会ったのは、焦って半ばやけになっていた折だった。

「小遣いがほしけりゃ、俺がくれてやるよ。その代わり、おまえんとこにいていいか？」

ねぐらをいくつも持っているらしい琢馬が、燕助の長屋に来るようになった。初めはねぐらの一つに過ぎなかったようだが、居心地がいいと言って、じきに居着くようになった。

燕助の芝居を見に来るわけでもないくせに、一座が金に困っていると知ると、どこからともなく金を調達してきた。

暮らしの上では大いに助かった。

だが、ときに燕助は本音を言いたくもなった。

「あたしの芝居を楽しんじゃいないのに、お金だけ出してもらっても悔しい。あたしは芝居で食っていきたいんだ」

その話を持ち出すたびに、琢馬は面倒くさそうな顔をした。

「俺は芝居なんぞわからねえからなあ」

そんな琢馬の言い草がまた、燕助には悔しかった。

風流を好む琢馬のことだ。燕助が本物でありさえすれば、好みの芝居ではなくとも、琢馬は唸ったことだろう。

燕助がどれほど稽古を重ねても、思うようには技が身につかなかった。燕助の胸には常に焦りがあった。ぴりぴりして、ほんのちょっとしたことが辛抱できず、琢馬に当たり散らした。

琢馬も虫の居所が悪いときは燕助に当たった。お互い、手を上げることはなかったものの、よく言い合いをした。

笑い合っていた日のほうが少なかったかもしれない。語り合うより、黙って一緒の部屋にいるだけのことが多かった。楽しかったかと問われても、素直にうなずくことはできない。

それでも離れずにいたのは、なぜだったのか。

やがてそんな日々にも終わりが訪れた。

「琢さまが二十六、あたしが二十四の頃でした。琢さまのご実家、尾花家の用人だという貫禄のあるご老人が、あたしの長屋を訪ねてきたんですよ。琢さまのお兄さまが亡くなったって」

千紘はうなずいた。

「それで、琢馬さまがお家を継ぐことになったんですよね」

「ええ。琢さまは一晩黙って考えて、朝になってぼそっと言ったんですよ。ここには二度と戻らねえって。まさかと思ったけど、本当にそれっきりでした。まあ、あんな暮らしには嫌気が差してたみたいですから、琢さまにとってはよかったのかもしれません」

「お役人としての暮らしも気苦労が絶えないと、よく兄にこぼしているようですよ」

「それでもきっと、琢さまは逃げたりなどしないでしょう。あの頃も、たまにご実家に戻るたびにお兄さまとは話をするようでね、浅草で飲んだこともあったようでした。琢さまはお兄さまのことが好きだったんですよね。でも守れなかったんです」

「守れなかった？」

「そう言ってましたよ。一緒にいたら守ってやれたかもしれねえって、悔やんでました」

千紘は息を呑んだ。

「琢馬さまの兄上さまは、病か何かで亡くなったんじゃないんですか？」

燕助は頬に手を当てた。

「おかしな亡くなり方だったみたいですよ。兄貴は人の恨みを買うような男じゃないが、勤めの上で妙なやつに睨まれちまってたんだって、琢さまはそんな言い方をしてました」

「兄上さまが危うい目に遭いかねないと知っていたのに、助けになれなかったことを、琢馬さまは悔いておられるんですね。だから兄上さまの代わりを務めようと、それまでの暮らしのすべてを捨ててしまった」

白太は目を真ん丸にして聞いていた。燕助はにっこりした。

「少し難しい話をしてしまったかもしれませんね」

白太はかぶりを振った。小首をかしげ、うー、あー、と少しの間、言葉を探す。それからおもむろに、白太は燕助に訊いた。

「尾花さまと会わないの？」

「今さらですよ。あたしのような者が、あんな立派になったお侍さまに、何と言って声を掛ければいいでしょう？」

「話さなくても、やっぱり、近くで顔を見たい？」

燕助は戸惑った様子で口ごもった。

千紘は白太に尋ねた。

「白太ちゃん、何か考えがあるの？」

「おいらだったら、尾花さまに声を掛けられるよ。あのね、約束してたからね、おいらが呼んだら、尾花さまはきっと来てくれる」

「約束？」

「うん。おいらに任せて」

白太は目をきらきらさせて、力強くうなずいた。

四

忙しいだろうから無理にとは言わないが、と前置きした誘いに、琢馬はあっさり乗ってきた。

「仕事を早じまいしてきたんですよ。白太さんがじきじきに誘ってくれたんですから、張り切って飛んできました」

昼過ぎに現れた琢馬は、そう言っていたずらっぽく笑った。挟箱《はさみばこ》を持った小者は、白太とは何者かと不思議そうだった。が、琢馬は家の者を関わらせるつもりはないようで、さっさと帰してしまった。

勇実には今ひとつわからなかった。白太が急に言い出し、千紘が急《せ》かして、勇実に手紙を書かせたのだ。

「ひとまず、琢馬さんは屋敷のほうで待っていてください。手習いを終えてから、白太をこちらに来させますので」

「ええ。のんびりさせてもらいますよ」

琢馬はお吉を、今日もおきれいですねなどという戯言《ざれごと》で笑わせた。

勇実もつられて少し笑い、あくびを嚙み殺した。昨夜は写本の仕事が差し迫っていたので、手習所のほうに仕事道具を持ち込んで、夜通し作業していたのだ。おかげで眠たい上、肩がずいぶん凝っている。

やがて手習いの筆子たちが皆帰ってしまうと、勇実は白太を伴って屋敷に戻った。そのときには、琢馬の支度はすでに整っていた。

「すごい」

白太は口をぽかんと開けて、琢馬に見入った。

今日の琢馬の装いはこれまででいっとう華やかだ。着物には、見事な花の模様が刺繡されている。白から薄紅色にかけての濃淡のある花が、木々の枝に満開である。

「桜の花ですか？」

勇実があてずっぽうに言ってみたのを、白太が正した。

「これは桃。枝にくっついて咲くの。桜は、花の下の首が長い。花びらの形もね、桜は尖ってるから、これは桃」

「ああ、なるほど」

「匂いも違う。着物の柄の桃は匂わないけど」

琢馬はにこにこしてうなずいた。笑い皺のできる目元は、すっと切れ長に引いた紅によって、よりいっそう映えている。

「役者みたいに派手な格好で、と白太さんが求めてくれたのでね。久方ぶりにこんな格好をしていますが、どうでしょうか？」

「似合ってる。決まっています。いつもより若く見える」

「役人の格好をすると、老けて見えるんですよね。まあ、若造相手だと舐めてかかる者も少なくありませんから、仕事のときは老けて見えるくらいがちょうどいいんでしょうが」

琢馬は、蝶の模様の錦の帯、鯔背風《いなせふう》に崩した髷に、小道具の煙管《きせる》まで手にして、片膝を立てて座った。着流しの裾から、尖った骨の目立つくるぶしや、形のよいふくらはぎがのぞく。

白太はさっそく、畳の上に紙を広げた。墨と水の支度も、自分で手早く済ませてある。筆を執りながら、白太は少し不満げに唇を尖らせた。

「本当は色をつけたいんだ。でも、まだ駄目だって、祖父《じい》ちゃんに言われたんです」

「では、そちらはまたいずれ。白太さんが大きくなって、有名な絵師になってから、よろしくお願いしますね」

「うん。十年くらい、かかると思うけど」

「十年ですか。ならば、私は十年ぶん、男を磨きながら待つとしましょうか」

白太は水と墨を含ませた筆で、反故紙《ほごがみ》に試し書きをする。よい塩梅だったのだろう。一つうなずくと、迷いもなく白太は筆を振るい始めた。

勇実は白太の後ろに腰を落ち着けた。おや、と気づくことがあった。筆を握り締める白太の手や、四つん這いの体を支える足が、思いのほか大きいのだ。

撫で肩で猫背の白太は、同じ年頃の子供よりも小柄で痩せている。手習所ではいちばん年長だが、のんびりした気性で、いまだに面倒を見られる側だ。声もちっとも変わっていない。いつまでもあどけない子だと、勇実も思っていた。

でも、白太も白太なりに大きくなってきたんだな。

毎日見ていると、筆子の背が伸びてきたことにも気づいてやれないものだ。何かよほどのことがない限り、手習いを終えて出ていくときくらいしか、それを実感する機会がない。

よほどのことというのは、例えば、一昨年ここを巣立っていった大二郎《だいじろう》がそうだった。ある朝、ほかの筆子がいないところまで勇実を引っ張っていって、青ざめた顔で告げたのだ。変な寝小便をしてしまった、何かの病かもしれない、と。

何のことだか、勇実はすぐに思い至った。勇実自身も通ってきた道だが、もう少し遅かった。だから心構えもできていたように思う。

それはおまえの体が大人の男になろうとしている証《あかし》だよ、と、勇実はできるだけ穏やかな声で諭してやった。大人の体がどんなものかを手短に説き聞かせると、大二郎は、人より早くそうなったことを恥ずかしがってうつむいた。

子供相手であったなら、勇実は肩を抱いて頭を撫で、気が済むまで泣かせてやっただろう。だが、恥ずかしさと不安のために顔を上げることができなくても、大二郎は泣いたりなどしなかった。

気が弱くて泣き虫だったのに、と思ったものだ。筆子は大人になっていくのだなと、あのとき痛烈に感じた。

と、思い出に浸っていた勇実の背中に、千紘のひそひそ声がぶつかった。

「兄上さま」

振り向くと、隣の部屋の障子を細く開けて、千紘が目元をのぞかせている。

「いたのか、千紘」

「いました。それより兄上さま、邪魔です」

「邪魔？」

「そこをどいてください。見えません」

千紘は犬でも追い払うかのように、しっしっ、と手を動かした。兄に対して何ということを、と思わないでもない。が、勇実はおとなしく指図《さしず》に従った。

そうすると、障子の隙間から琢馬まで、遮《さえぎ》るものがなくなる。見えないというのは、琢馬の姿のことなのだ。

勇実は納得しかけたが、今度は眉をひそめた。障子の向こうに千紘が引っ込んで、別の誰かがそこにやって来たのだ。

ごく細い隙間からだから、何者なのかはわからない。子供でないことは確かに思えるが、男の気配か女の気配かも判然としない。

千紘が屋敷に上げているのだから、おかしな輩《やから》ではあるまい。しかし、せめて勇実に何か一言、断るべきではないのか。威厳が足りないとはいえ、白瀧家の長は勇実である。

悶々《もんもん》としつつも、勇実は黙っていた。

白太の邪魔をしたくない。

日頃ののんびりとした振る舞いとは打って変わって、白太の筆運びは迷いがなく素早い。大胆でもあり、細やかでもある。筆の毛一本一本に至るまで自在に操っているかに見える。

白太の絵は、目に映るものをそのままに紙に落とし込むものだ。役者を描いた錦絵などとはまったく違う迫力がある。

着物や帯の柄も煙管の彫り物も、やがてすべてが紙の上に写し取られた。白太はいったん筆を置いた。

ここでしまいかと思いきや、白太は、開け放った縁側のほうを見やった。晩《ばん》春《しゅん》の庭は暖かく明るい。小さな蝶がくるくると舞い踊っている。

差し込む光を目で追うと、白太は再び筆を執った。筆に水を含ませて墨をぼかす。その色で影を描くのだ。

光の当たらない半身に影の色を落としていく。そうすると、絵に奥行きが生まれる。

勇実が目を見張ったのは、顔に影を描き込んだときだ。鼻筋、頬骨、顎の形がくっきりすると、そこにあるのは、見紛いようもなく琢馬の顔だった。

再び濃くした墨で後《おく》れ毛《げ》を幾筋か描いて、白太は満足げにうなずいた。

「できた」

琢馬が体勢を崩し、にこりと笑う。

「早いですね」

「今日はね、早く描かなきゃいけないから。必ず今日じゅうに描き上げないと、明日になったら、もう遅いって言われてるんです」

「それは、障子の向こうにいる人のことですか？」

琢馬の顔には笑みが保たれていたが、ちらりと障子のほうへ向けた目は鋭かった。白太が、あっと言って首をすくめる。

勇実は障子に向かって声を掛けた。

「千紘、そろそろ本当のことを明かしてくれないか？　白太を口実にして何をたくらんでいるんだ？　隠し事をされるのは、気分のいいものではないぞ」

言い訳が障子の向こうから飛んできた。

「隠し事のつもりはなかったんです。少なくとも、兄上さまには話しておくつもりでした」

「だったら、なぜきちんと言わなかった？」

「兄上さまのせいでしょう？　写本のお仕事が間に合いそうにないからって、わたしの話も聞かずに手習所のほうにこもりっきりだったじゃありませんか。だから話せなかっただけ。兄上さまが悪いんですよ」

そう言われてしまうと、勇実はぐうの音も出ない。

障子の向こうから小声が聞こえた。

いえ、もういいんです。そう言ったようだ。

やがて障子がそろそろと開いた。

そこにいたのは、千紘ではなかった。細身の男が一人、平伏《へいふく》している。

「お騒がせいたしまして、申し訳ございません」

男が柔らかな声音で告げた途端、琢馬は煙管を取り落とした。

「燕助か」

平伏したままの男の肩が震えた。

「いま一度、そのお声で、あたしの名を呼んでいただけるなんて……」

燕助はなおも顔を上げず、剃り跡の青々とした月代《さかやき》ばかりをこちらに向けている。

眉をひそめた琢馬は、ひたと燕助を見つめて問うた。

「燕助、おまえ、なぜここにいる？　こりゃどういうことだ？」

言葉遣いが変わっただけではない。声さえ違って聞こえるのは、舌を巻いて喉で唸るようなしゃべり方をするせいだ。

「琢さまにごあいさつを申し上げます」

「何のあいさつだ」

「お暇《いとま》いたします。あたしは明日、江戸を離れて里に戻ります」

二人の男のちょうど真ん中に白太がいる。白太は、絶句する琢馬に言った。

「燕助さんは、どうしても、一目見たかったんです。尾花さまのことを、最後に、目に焼きつけておきたかったの。でも、会うのは怖い。隠れておくつもりだったんだ。隠れてるって気づかれても、そのまま逃げようって。だけど、逃げないことにしたんだよ」

琢馬は白太に目を向けて、大きな息をした。

「燕助から、すべて聞いたんですか？」

「うん」

「私のことを格好悪いと思ったでしょう？」

白太はきょとんとして、首をかしげた。

「どうして？」

「……いいえ、わからないのなら、それでいいんです。いずれ、もう少し大きくなったら、きっとわかってしまうでしょうが」

　勇実にはぴんときた。先日、琢馬が話していたことだ。兄が謎の死を遂《と》げたとき、取り乱した琢馬は恋人に当たり散らした。その相手が燕助なのだろう。燕助は、琢馬の最も情けないところを知っている人なのだ。

　千紘が燕助の肩にそっと触れた。

「最後なんでしょう？　顔を上げて」

　燕助は小刻みに何度もうなずき、ゆっくりと身を起こした。燕助の切れ長な目は真っ赤になっていた。琢馬の姿をまっすぐに見つめると、抑えていた涙が両目の端からこぼれ落ちた。

　琢馬と燕助と、互いに言葉はなかった。

　先に目をそらしたのは琢馬だった。琢馬は、燕助と白太に横顔を向け、声を殺して笑い出した。

「やっと合点がいった。なぜ急に姿絵を描きたいと言い出したのか、しかも派手な格好でとはどういう風の吹き回しかと思いはしたんだ。子供の気まぐれかと深くは考えなかったが、侮《あなど》っちゃならねえな」

　千紘が肯定《こうてい》した。

「そうですよ。白太ちゃんの案なんです。騙すような形になってしまって、ごめんなさい。でも、白太ちゃんもわたしも、燕助さんの力になりたかったから」

塚馬は天井を向いて大きく息をつくと、膝を進めて白太の隣に回り込んだ。白太が描き上げた姿絵をのぞき込む。

満足そうな笑みが塚馬の横顔に広がった。

「ああ、とてもいい。格好いい絵ですね」

「尾花さまが格好いいからです」

「ありがとう。この絵、いくらで売ってもらえますか？」

白太は首をかしげながら言った。

「十六文？」

かつて塚馬が白太から買い上げたまつむしの絵は、十六文だった。その後、縁あって虫好きの蘭方医《らんぽうい》に買ってもらった蝶の絵も十六文。かけ蕎麦《そば》が一杯食べられるだけの値である。

塚馬はかぶりを振った。

「もうちょっと高い値をつけましょうよ。そうするだけの値打ちがありますよ」

「じゃあ……に、二十四文？」

「もう一声」

「三十二？」

琢馬は小物入れから小銭を取り出し、白太に握らせた。

「これくらいでどうでしょう？」

「四十文！」

「絵をいただいてもかまいませんか」

白太はうなずいた。

琢馬はそっと絵を持ち上げた。墨はまだ乾ききっていない。大切なものを運ぶ手つきで、琢馬は絵を燕助の前に置いた。

燕助は食い入るように絵を見つめた。

「すごい。琢さまにそっくり。本当に、この絵の中で生きてるみたい」

琢馬は、そんな燕助を見つめていた。優しくて、いくらかの苦さを含んだ、穏やかなまなざしだった。

ややあって、琢馬は言った。

「餞別《せんべつ》だ。持っていけ」

燕助は、嗚咽《おえつ》をこらえるためだろうか、口元を手で覆った。

「ありがとうございます」

馬鹿野郎、と琢馬は歌うように言った。笑っている。

「大げさなんだよ。里に帰るったって、箱根じゃねえか。海の向こうにでも行っちまうような顔をするな」

「二度と会わないいんなら、近いも遠いもないでしょう？」

「ほう。二度と会わねえってのか？　顔を見せに行ってやれんこともねえんだがな」

燕助はくしゃくしゃの泣き笑いの顔をすると、千紘と白太に言った。

「ねえ、この人、意地悪な口を利くでしょう？　本当にもう、ちっとも素直じゃないんですから」

白太は琢馬の隣ににじり寄って、きらきらした目で琢馬と燕助を見やった。

「おいら、大人になったら、絵を描くために旅をするの。箱根にも行きたいんです。そのとき、尾花さまも一緒に行こう？」

琢馬は笑ってうなずいた。

「かないませんね」

優しい顔をして、白太の頭をぽんぽんと撫でた。

白太が琢馬の姿絵を描いた翌日に、燕助は箱根へと旅立っていった。その燕助からの文が届いたのは、七日後のことだ。

思いがけないことに、龍治がそれを知らせに来た。

「なあ、勇実さん。千紘さんって、箱根に知り合いがいるのか？　今、親父の昔の道場仲間が箱根から遊びに来てるんだけど、どっかの旅籠《はたご》の跡取りだか何だかの手紙を預かってきたらしいんだ」

差し出された手紙の主は、燕助だった。

千紘は夕餉の支度で手が離せないようだった。勇実は、宛名の末尾に自分も含まれているのを確かめて、手紙を開いた。

ざっと読んでみると、燕助は無事に箱根の実家に戻れたようだ。旅籠の跡取りは燕助の弟が務めており、燕助は裏方で働くことを選んだらしい。古くからの知人がたまたま矢島道場の主と親しくしているというので、手紙を託したとある。

横からのぞき込んできた龍治が、手紙を預かってきた男について教えてくれた。

「若い頃に親父と一緒に剣術稽古に励んだ仲なんだって。江戸に残ってどこかの道場主の婿養子になることも考えたらしいけど、結局、郷里の箱根に戻って、そこで道場を開いたり用心棒稼業をしたりしてるとか」

「用心棒か。だったら、燕助さんの実家の旅籠が仕事を頼んだことがあってもおかしくない」

燕助の手紙に琢馬のことは書かれていない。だが、一方で、白太への感謝の言葉は細やかにたっぷりと書かれている。いつでも絵を描きに来てください、とも。

明日、白太にこの手紙を読ませてやろう。きっと喜ぶはずだ。

あと五年もすれば、白太は絵筆を持って旅に出るようになるかもしれない。どんな景色を見てどんな絵を描いてくれるだろうか。

教え子の行く方に思いを馳《は》せ、勇実は胸がいっぱいになった。

第四話　卯《う》の花《はな》の愛《いと》し人《びと》

一

回向院の空木《うつぎ》に花が咲き始めていた。雪のように白い、卯の花である。

「卯の花がきれいですね。もうすっかり初夏らしいお日和《ひより》で」

菊香は花を見上げて微笑んだ。青い空に花の白さがよく映えている。

「かわいい花ですよね。卯の花といったら、豆腐のおからを思い浮かべてしまうけれど。わたしったら、食い意地が張っていますよね」

千紘はちろりと舌を出してみせた。

四月八日の今日は灌仏会《かんぶつえ》だ。回向院では盛大な法要がおこなわれ、朝早くから見物人でごった返す。

勇実の手習所の筆子たちはいつもより半刻《はんとき》（約一時間）も早く集まって、皆で回向院に赴き、甘茶をもらってきた。その甘茶で磨《す》った墨を使い、紙に「千早振《ちはやぶ》

る　卯月八日は吉日よ　かみさげ虫を　成敗《せいばい》ぞする」と書いて逆さまに貼れば、蛆虫《うじむし》よけになる。

寝坊助《ねぼすけ》の勇実は今朝もやはり起きられず、夜着にくるまっていた。回向院から戻ってきた筆子たちに、勇実先生が「かみさげ虫」みたいな格好をしているぞと笑われ、のしかかられて揉みくちゃにされ、それでようやく起き出したのだった。

昼八つ（午後二時頃）過ぎの回向院は、まさにいちばん混み合う刻限のようだ。うっかりしていると、ただ歩いているだけで、すれ違う人と肩がぶつかってしまう。

こういうとき、菊香の身のこなしはさすがである。やわらの術に通じているから、すれ違う人との間合いの測り方がうまいのだ。

菊香は千紘の腰を抱き寄せるようにして、ぶつかってきそうな酔っ払いから庇ってくれた。

「我が家でもよくいただきますよ、おからの卯の花」

「矢島家のほうでは定番なんです。安くておなかがいっぱいになるから、腹ぺこの男の人たちがいるときはぴったりなの。おからは白いから、卯の花というのかしら？」

「雅《みやび》で縁起のよい言い回しなんですって。おからの『から』は中身がないことに通じるでしょう。それは縁起が悪いので、空っぽの逆は『得《う》る』こと。そこから取って『う』の花なんです」

「ああ、そういえば、どこかで聞いたことがあるわ」

「切らずに使えるから、きらず、とも言いますよね。字を当てると、雪花菜。これは千紘さんの言うとおり、白いところに目をつけて字を選んでありますよね」

淀みなく説く菊香に、千紘は感心した。

「菊香さんは物知りね」

「お料理のことはよく覚えるんですよ。食い意地が張っているものですから」

菊香はいたずらっぽく、ちろりと舌を出した。

今日は久方ぶりに菊香が白瀧家に泊まっていく。千紘が招いたのだ。本所の回向院の灌仏会は四月の風物詩として名高いから見物に来てはどうか、という誘いに、菊香は喜んで応じてくれた。

灌仏会は、釈迦《しゃか》の生まれた日を祝うものだ。回向院では、季節の花で飾られた御堂《みどう》に小さな釈迦像が置かれていて、参拝した人々はその像に甘茶をかける。

釈迦がこの世に生まれたとき、九頭龍《くずりゅう》が現れて祝福し、赤子の頭頂に甘露《かんろ》を注いだ。甘茶をかけるのは、九頭龍の祝福にちなんだものという。参道の途中に講釈師《こうしやくし》がいて、立て板に水を流すように見事な口上《こうじょう》で、釈迦誕生の故事を語っていた。

千紘と菊香も列に並んで、釈迦像に甘茶を注いだ。釈迦像はもちろん、御堂を飾る花までも甘茶のしずくをしたたらせ、あたり一帯に甘い匂いを振りまいていた。

境内《けいだい》をぐるりと見て回る。大勢が並ぶ列があると思えば、餅が売られていた。

千紘は菊香の袖を引き、顔を寄せて言った。

「あのお餅、兄の手習所の筆子たちのお気に入りなんですよ。何てことないお餅だけど、名前がおもしろいから」

「なるほど。花くそですものね」

菊香はくすくす笑った。品のよい菊香の口から「はなくそ」などと聞かされると、何だか悪いことをしてしまったような心地になる。

「兄上さまが言うには、花供御《はなくご》が訛《なま》って花くそになったんだろう、とのことです。子供がおもしろがる言葉は覚えがいいから、灌仏会のことは教えやすいんですって」

花くそのほかにも、灌仏会を祝うためのものが売られている。卯の花、つまり空木の花である。

この日に家々の戸口に卯の花を挿《さ》す習わしがある。節分に挿した柊《ひいらぎ》と取り替え、季節の移り変わりを目で楽しむのだ。

「卯の花はいただくあてがあると、龍治さんが言っていたわ」

「では、お買い物はお餅だけ？」

「ええ。人が多いと疲れてしまうし、早く屋敷に帰ってのんびりしましょう」

帰り際にも、講釈師は滔々《とうとう》と灌仏会の話を読んでいた。

「花の御堂のお釈迦さまをご覧になられましたかね。ええ、灌仏会のお釈迦さまは右手で天を指し、左手で地を指しております。この姿はさて、何を示すものでありましょうか」

聴衆から声が上がる。

「天上天下唯我独尊《てんじょうてんげゆいがどくそん》！」

釈迦が生まれたとき、天と地を指差してそう言ったと伝えられる。

講釈師はしれっとして、話の続きを読み上げた。

「四月、卯月は皆さまご存じのとおり、ほととぎすがよい声で鳴いておりますね。ゆえにお釈迦さまは右手で上を指差してこうおっしゃっているのです。ほととぎすの声を聞きなさい、と」

歓声が起こる。

「では左手は何か。四月の風物詩と言えば、江戸っ子ならばもうおわかりでしょう。初鰹《はつがつお》でございます。女房を質に入れてでも食べたいという初鰹。ぜひとも食べなさいと、お釈迦さまも江戸湊《えどみなと》のほうを指差して、そうおっしゃっているのでございます」

講釈師の名調子に、聴衆はどっと沸いた。

千紘も菊香も足を止めて聞き入っており、顔を見合わせて笑った。

江戸では古くから「目には青葉　山ほととぎす　初鰹」という。この季節には、目でも耳でも舌でもそれぞれ楽しむべきものがある。

そのとき千紘は、痩せた男にぶつかってしまった。いや、ぶつかられたのかもしれないが、こうも人が多いのでは、どちらのせいでとも判じがたい。

「あら、ごめんなさい」

千紘は謝りながら、何の気なしに振り向いた。ぶつかった相手はまだそこにいるものと思っていたが、それは外れた。

男は脱兎《だっと》のごとく走り去るところだった。その手に、見覚えのある財布がある。千紘のものだ。

千紘はとっさに叫んだ。

「すりです！　その男の人をつかまえて！」

叫びながら、千紘は走り出す。菊香もむろん身を翻《ひるがえ》し、千紘より数歩先んじて、男を追う。

男はわめいた。

「どけ！　ぶっ殺すぞ！」

周囲から悲鳴が上がる。泡をくって人々が逃げ出す。人垣が割れる。

いや、誰もが男を避けたわけではない。

頭巾《ずきん》を深くかぶった翁《おきな》が一人、悠然と立ちはだかっている。侍の身なりだ。老いてはいても、背筋はしゃんとしている。

「じじい、どきやがれ！」

男が腕《かいな》を振り回して怒鳴る。

翁はすっと腰を落とした。しなやかな動きだ。突っ込んでくる男を見据え、進み出て迎え撃った。

「えいッ！」

翁は男の襟をつかんだ。次の瞬間、男の体はぐるんと宙を舞い、地に叩きつけられた。見事な背負い投げである。

おお、と、どよめきが起こる。

千紘と菊香が駆け寄ったときには、翁は男の手から千紘の財布を奪い返していた。

「ほれ、お嬢さん」

差し出された財布を受け取り、千紘はぺこりと頭を下げた。

「どうもありがとうございます。助かりました」

「礼には及ばん。怪我はないかね？」

「わたしは大丈夫です。あなたさまは？」

「うむ、大事ない。しかし、人出の多い場にはやはり物取りが出るものだな。神仏の目前で愚かな振る舞いをするものよ」

地に延びた男は、またたく間に取り押さえられた。回向院でも用心して、あらかじめ捕り方をあちこちに配していたようだ。

千紘のほかにも、財布をすられた人がいたらしい。男の懐から三つほど、女物の財布が出てきた。

野次馬が寄ってくる。菊香が千紘の手を引いた。

「ここにいては揉みくちゃにされてしまいますよ。離れましょう」

「ええ、そうね」

お爺さまも一緒に、と千紘は言おうとした。せっかくなら屋敷に招いてお礼をしたい、お茶の一杯でも、と思ったのだ。

千紘は目を見張った。

翁の姿はすでに消えていた。

「お顔もちゃんと見ることができなかったわ」

「頭巾をかぶっておられましたものね。でも、どこかでお会いしたことがあったような気がします」

「ええ、わたしも。このご近所にお住まいなら、お見掛けしたことがあってもおかしくないかもしれないけれど」

千紘は胸に引っ掛かるものを残したまま、回向院を後にした。

屋敷に戻ってからも、千紘はまだ少し、心の臓がどきどきしていた。すりに遭ったのは初めてだ。ただ財布を取っていくだけの者だったからまだよかったものの、刃物を持った悪漢だったらと思い描くと、背筋が寒くなってしまう。

幾度も深呼吸をして落ち着こうとする千紘の手を、菊香は優しく握ってくれた。

障子を開け放って、明るい縁側に座っている。垣根を隔てた矢島家のほうはにぎやかだ。道場がいつもよりいっそう盛り上がっている。

千紘は肩を落とした。

「わたし、自分が情けないわ。これしきのことでびくびくしてしまうなんて。武家の娘なのに意気地《いくじ》なしですよね」

「仕方ありませんよ。そう気を落とさないで。無事に済んでよかったではありませんか」

お吉が甘茶を淹れてきてくれた。

茶とはいっても、茶葉を使うのではない。紫陽花《あじさい》に似た花の咲く、甘茶という低木の葉を乾かして煎《せん》じるのだ。味わいはその名のとおり、ふんわりと甘い。

お吉はぷりぷりと怒っている。

「うちのお嬢さまに手を出すなんて。まったく、お釈迦さまのお祝いの日に、不届きなことをする人もいるもんですよ」

「本当に。菊香さんとあのお爺さんがいてくれたからよかったけれど、わたしひとりだったらと考えると、ぞっとするわ」

「お嬢さま、武家の娘は一人で出歩くものではありませんよ。それに、お礼を申し上げるべきお人のお顔もよくわからず、お名前もうかがわずに帰ってきてしまうだなんていけません」

ちょっと厳しい声音をつくってみせるものの、お吉は怒った顔が長く続かない。根が能天気なんですもの、と、お吉は言う。

今年で六十四のお吉は、病ひとつせず、いつも元気だ。頬はふっくら丸くて血色がよく、口元もぽちゃっとして、笑顔に愛敬《あいきょう》がある。

暦《こよみ》の上では夏が来たと感じさせる、陽気の日だ。日なたを歩けば汗ばむほどだったが、陰になった縁側は風が爽やかで心地よい。

「兄上さまなら、こんなときは昼寝に限る、なんて言いそうですけれど。今日はどうしたのかしら。まさか灌仏会の人混みに繰り出しているはずもないでしょう？」

「坊ちゃまでしたら、道場に呼ばれていきましたよ。何でも、すごい人がいらっしゃっているんだとか」

「すごい人？　この頃、そういうことが続くわね」

先月、箱根から矢島道場を訪ねてきた与一郎の朋輩も、凄まじい剣技の持ち主だった。勇実や龍治が何度挑んでも歯が立たなかったという。

さしもの勇実も悔しかったと見える。はっきりとした言葉にはしないものの、このところはいくらかまじめに道場の稽古に出ているのだ。

ふと、噂をしていたのが聞こえたかのように、勇実が垣根の木戸をくぐって姿を現した。お吉の言ったとおり、稽古着姿で、すっかり汗をかいている。

勇実は、あっ、と言って顔つきを改めた。

「菊香さん、来ていたんですね」

「お邪魔しています」

きれいなお辞儀をしてみせる菊香を前に、勇実はさりげなく襟元を整えた。

千紘は膨《ふく》れっ面《つら》になった。

「四月八日は菊香さんと一緒に灌仏会の見物に行くと、前に兄上さまにも言ったはずですけど？」

「そうだったか？」

「言いましたよ。もう、兄上さまはわたしの話をちっとも聞いてないんですから。菊香さん、兄上さまが考え事をして上の空になったら、話しかけても無駄なんですよ。生返事をするけれど、話の中身をまったくわかってないんです」

菊香はおもしろそうに目を細めた。

勇実はお吉に手ぬぐいを持ってこさせ、顔や首筋の汗を拭ってから、縁側に腰掛けて菊香に尋ねた。

「貞次郎さんはどうしていますか？　このところ、なかなか道場でも一緒にならないんですよ。いや、道場で顔を合わせても、ほかの門下生がいるところでは話しづらいですね」

「見合いのその後のことですか」

「ええ。ずいぶん悩んでいたようだったから、気になっていまして」

「相変わらず悩んでいますよ。返事はまだ待ってもらえるそうです。あれ以来、よくお手紙を送り合っていますね」

「手紙ですか。姉妹のどちらと？」

「どちらともです。どちらか一方の手紙だけが長くならないように気を遣いながら、たまに押し花も添えて。幸か不幸か、どちらのお嬢さんも貞次郎のことを気に入ってくれているみたいです」

「貞次郎さんも罪な男ですね」

菊香はくすりと笑った。

「それを貞次郎の前で言うと、あの子、烈火《れっか》のごとく怒りますよ。わたしも怒られましたから」

「姉上に対して怒るのは、甘えたいんでしょう」

「わたしはともかく、勤め先でも一度、やってしまっているんです」

「と言うと、小十人組の詰所で？」

「はい。小十人組では、姉妹二人との見合いのことがすっかり噂になっているらしいんです。同年配の見習いに冷やかされたときには、あの子、我慢できなくなって、相手につかみかかろうとしたんですって」

「かっとなってしまったんですね。いや、目に浮かぶようです」

「父が近くにいたので、すぐに貞次郎の首根っこを押さえて、相手にお詫びしたそうです。貞次郎は黙っているとおとなしそうに見えますから、軽い気持ちで冷やかした相手もびっくりしたでしょうね」

菊香は、貞次郎のことを話すときは口数も笑顔も増える。勇実もそこに気づいているのだろう。照れる様子もなく会話を弾ませる二人に、千紘は思わずにんまりした。

わあっと、ひときわ大きな歓声が道場のほうから聞こえた。

勇実はそちらのほうを振り返り、楽しそうに笑った。

「また誰か負けたんだな」

千紘は小首をかしげた。

「負けた？　それなのに、こんなに盛り上がっているんですか？」

「そうなんだよ。龍治さんが招いたお客人が本当にすごい人で、格好よくてな。ああ、そうだ。菊香さんも見物に来ませんか？」

菊香は目をしばたたいた。長いまつげが羽ばたくかに見える。

「わたしが行ってもよろしゅうございますか」

「もちろんです。菊香さんもやわらの術に優れているから、きっと楽しんでもらえるでしょう。千紘も一緒に来るといい」

おまけのように言われて、千紘はちょっと、かちんときた。だが、勇実が自分の口で菊香を誘うことができたのだ。そこに免じて許してあげよう、と千紘は思った。

二

大盛り上がりの道場の真ん中にいる人を、千紘も菊香も知っていた。

「間違いないわ。さっきの、回向院のお爺さま！」

目深《まぶか》にかぶっていた頭巾も今は外されている。白髪《しらが》はきっちりと結われ、汗がにじむためか、銀色につやつやしている。肌は日に焼けており、いかにも健やかそうだ。

寅吉と、まだ子供の淳平《じゅんぺい》と才之介が、三人がかりで翁に挑んでいる。素手の勝負だ。翁よりも体の小さい淳平と才之介は、翁の腕や腰に取りついた途端、軽々と投げられる。

細身とはいえ大人の体格の寅吉も、翁にかかっては、子供をあしらうのと大差ない。ぐるん、ぐるんと、おもしろいほどきれいな円を描いて放り投げられている。

千紘は思わず顔をしかめた。

「痛そう」

勇実は笑った。

「それが、思いのほか痛くないんだ。初めに受け身の取り方をじっくり教えてもらってな。頭を庇うために顎をしっかり引いておくことだとか、床に倒れ込むときのこつを知っておくと、痛みを軽くできるし怪我も減らせる」

菊香がうなずいた。

「体をしなやかに使うのです。強張って固まった体では、一点で衝撃を受けることになって、いけません。肩から落ちるならば、そこですべての勢いを受けようとせず、背中、腰、脚を順に床につけて転がるほうが、怪我をせずに済みます」

「そうなんです。しかも、歳兵衛《としべえ》先生は、受け身が取りやすいように加減して投げてくださっている。私なんかは体が硬いので、こつをつかむのに苦労しましたが、淳平や才之介のように体が軽い子供はあっという間に呑み込みますね」

「今投げられている殿方も、体の使い方が柔らかいようですね」

「寅吉さんですか。龍治さんにもよく投げ飛ばされているんですが、怪我をしないし打たれ強いんですよ。体が柔らかいおかげなんでしょうかね」

千紘は勇実に訊いた。

「あのお爺さまは？」

勇実は軒《のき》を指差した。卯の花が挿してある。

「中田《なかた》歳兵衛先生だ。この花を持ってきてくださったんだよ」

「歳兵衛先生とおっしゃるんですね。実は、さっきお会いしたんです。回向院でわたしがすりに遭ったとき、すりをつかまえてくださったの」

「ああ、ちょっと見物にと言って、ふらっと出ていかれたときか。千紘、お礼はしたのか？」

「それが、お礼をしようと思ったら、あっという間にいなくなってしまわれて。ちゃんとごあいさつしなくちゃ。さっきは、騒ぎになったのが面倒だったんでしょうけれど」

「違いない。そういうお人みたいだ。前にお会いしたときはちょっとあいさつした程度だったが、じっくりと話をして技を見せていただくと、本当に気さくでおもしろくて素敵なお人だ」

「前にお会いしたとき？」

「去年の春、庭の梅を見せてもらいに行っただろう。ほら、亀戸《かめいど》の屋敷だよ」

千紘と菊香は同時に、ああと声を上げた。

去年、千紘は、幼馴染みである質屋の梅之助《うめのすけ》の恋路《こいじ》を助けるために奔走した。龍治の協力を得て、遅咲きの梅が満開の庭に梅之助とその想い人を導き、見事に恋を実らせることに成功した。

その梅の屋敷の主が、中田歳兵衛だったのだ。龍治はよく足腰の鍛錬のために走り回っているが、そんな様子を見て声を掛けてきたのが歳兵衛だった、というふうに聞いている。

梅之助の恋が実った後、千紘たちも梅の花の見物に行った。その折、確かに歳兵衛と顔を合わせている。歳兵衛は「若い者の邪魔はせぬよ」と笑って、すぐに引っ込んでいったものだ。

菊香は軒の卯の花を見上げた。

「梅が見事なお庭でしたが、この時季には卯の花も咲くのですね」

「季節ごとにいつでも見頃の花があるのだと、歳兵衛先生が自慢していらっしゃいましたよ」

「うらやましゅうございます。庭の広いお屋敷でしたものね。八丁堀では望むべくもありません」

さて、と、張りのある声が道場に響いた。

歳兵衛が襟元を整えている。

「そろそろ、しまいにしようか。筋のよい若者たちと稽古ができて、儂《わし》も今日は楽しかったぞ」

淳平と才之介が、ぴしっと背筋の伸びた礼をする。寅吉も慌てて床から起き上がり、腰を二つに折ってお辞儀をした。

龍治が手を一つ打って、門下生たちの注目を集めた。

「じゃあ、今日はこのへんで。皆、歳兵衛先生にご指南の礼を言おう」

道場に集《つど》った男たちは気持ちのいい大声を揃えた。

「ありがとうございましたッ!」

歳兵衛は、うむ、と満足そうにうなずいた。


勇実は着替えてくると言って、屋敷に引っ込んだ。菊香は矢島家の台所で夕餉の支度を手伝っている。

千紘は台所の手伝いを抜けてきて、座敷で改めて歳兵衛と向かい合った。

「先ほどはお助けくださり、まことにありがとうございました。お礼を申し上げたかったんです。それに、一度お会いしたことがあったのに、すぐにお名前を思い出せなくて、失礼いたしました」

「儂も、どこかで会ったようなお嬢さんたちだと思ったのだ。道場に戻って龍治どのの顔を見たら、はたと思い出した。千紘どのといったかの？」

「はい」

「龍治どのからいろいろと話を聞いておる。いやはや、なぜすぐにわからなんだか。のう？」

　歳兵衛はにやりとして、龍治に目配せをした。龍治の顔に焦りが浮かぶのを、千紘は睨んだ。

「あら、どんな話をお聞かせしているのかしら。どうせろくでもないことなんでしょう？　お転婆だとか口うるさいとか」

「千紘どのはあのとき、とっさに、すりを追い掛けようとしたであろう？　ああいう無茶をしでかすとは、危なっかしいが、頼もしくもある。龍治どのも、そばで見ていて飽きぬであろうな」

　龍治は額に手を当て、気まずそうに目を泳がせた。

「こんな場でそういう話は勘弁してくださいよ。何を言えばいいかわからなくなる」

「おや、珍しい。いつもの威勢のよさはどこへやらじゃな」

歳兵衛はからからと笑った。

龍治はつぶやいた。

「他人事《ひとごと》だと思って楽しんでんだからなあ」

千紘の耳にはその一言が届いてしまう。胸がもやもやした。勘弁してくれなどと、その言い草はどういう意味だろうか。龍治が何を考えているのか、本当によくわからない。

龍治が千紘に対して怒ったことなど、ごく幼い頃を除けば、きっとない。それどころか、機嫌の悪さを千紘に見せることとさえ、ほとんどない。龍治は本心を隠すのがうまいのだ。

だからこそ、本当のことを知るのが怖くて仕方がない。

一度壊したら二度ともとには戻らないものが、千紘と龍治の間にはある。まわりの皆はたやすくそれをつつこうとするが、千紘は触れられない。龍治もまた、それがあることを見ないようにしている。千紘にはそう感じられる。

矢島家の女中のお光《みつ》が麦湯と甘茶を運んできた。

「さあさ、皆さん喉が渇いているでしょう。汗をかいたぶんは、しっかり飲んでおいてくださいね。麦湯でも甘茶でも、お好きなほうをどうぞ」

お光はお吉と同い年の六十四だ。いい年ではあるが、二人でいると、若い娘同士のようにくすくす笑って過ごしている。

白瀧家で働くお吉は、武家に仕《つか》える女らしく、一本芯の通った強い人だ。矢島家のお光は輪をかけて気が強い。

お光はまた、薙刀《なぎなた》もそれなりに使えるという。龍治が赤ん坊の頃、与一郎や門下生が出掛けた隙を狙って盗人が押し入ったことがあった。お光は、産後で体力の戻らない珠代を庇って八面六臂《はちめんろっぴ》の大奮闘を繰り広げ、盗人を締め上げたらしい。

きびきびと働くお光の顔を見て、歳兵衛が目を丸くした。お光もまた、歳兵衛の顔を見て、気づくことがあったようだ。歳兵衛とお光は、二人同時に驚きの声を上げた。

「おぬし、お光ではないか！」

「あらやだ、若さま！」

「若さまはよせ。いつの話をしておるのだ」

「ざっと四十年ほど前かしら。なるほど、うちの坊ちゃまが、やたらと強いご隠居がいるとおっしゃっていたのが、あなたさまのことだったわけですね」

龍治が割って入った。

「お光、坊ちゃまはやめてくれって、いつも言ってるだろ。しかし、歳兵衛先生と顔見知りだったのか？」

「あたくしが娘の頃にお仕えしていたお屋敷の若さまだったんです。あたくしは、歳兵衛さまの妹さまの側仕《そばづか》えだったんですけどね」

歳兵衛が懐かしそうに笑い、身を乗り出した。

「妹はお光をたいそう気に入っておったのでな、何をするにも一緒だった。お光は薙刀の稽古までさせられておったのだぞ」

「楽しゅうございましたよ。お転婆で泣き虫なお嬢さまとご一緒したことは、すべて楽しゅうございました」

龍治は、へえ、と目を丸くした。

「その話はほとんど聞いたことがなかった。お光はなぜ中田家を離れたんだ？」

「良縁を結んでいただいたんですよ。あたくしは一度嫁いで、所帯を持ったんです。続きやしませんでしたけどね。旦那は往来で荷崩れに巻き込まれて怪我をして、それがもとであっさり死んじまったんです。それからは矢島家にお仕えしているわけですよ」

お光はさらりとした口ぶりで語ったが、その当時、つらくなかったわけがない。龍治は何とも言えない顔をして黙ってしまった。

歳兵衛もお光と同じく、何でもない世間話のような顔でうなずいている。

「出戻ってきてもよかったのだぞ。妹も嫁ぎ先でおぬしの話を聞いて、うちに来てくれればよかったのにと申しておった」

「意地を張っちゃったんですよ。お嬢さまとは、お互い幸せになりましょうと約束した手前、どんな顔をしてお会いすればいいのかわからなくて」

「今は楽しそうではないか」

「楽しゅうございますとも。若い門下生たちに食事を振る舞ったり、繕い物をしてあげたり。大変ですけれども、お世話のし甲斐があって、張り合いがございます」

お光は細い腕で力こぶを作る仕草をしてみせた。

歳兵衛は甘茶を飲み干した。酒も嗜《たしな》むが、甘いもののほうが好きだという。その割りに細身で、虫歯の一つもない。日頃の節制の賜物《たまもの》だと、歳兵衛は得意げに胸を張った。

きゅっきゅっと床を鳴らす足音が聞こえてくる。千紘は何となく、お吉だと感じた。顔を上げると、やはりそうだ。

お吉は、ふっくらした頬を微笑ませた。両方の頬にえくぼができる。

「筍《たけのこ》のお漬物をお持ちしましたよ。お茶のお供にいかがでしょう?」

お吉はよく、旬《しゅん》の山菜や野菜を浅漬けにする。筍はしっかりとあくを取って、昆布の出汁《だし》と醬油《しょうゆ》で一晩漬けるのだ。浅漬けのしゃきしゃきした歯ざわりや新鮮なままの匂いは、古漬けにはないおいしさだ。

漬物を皆の前に置くと、お吉は会釈《えしゃく》をして台所へ戻っていった。

龍治がさっそく漬物に手を伸ばす。

「腹が減ったなあ。夕餉の前に湯屋に行こうと思ってたけど、腹が減りすぎて駄目だな」

「龍治さんったら、いつもおなかをすかせているんですね」

「体を動かしたら腹が減るのは当たり前のことだろ? なあ、歳兵衛先生」

龍治が水を向けたが、歳兵衛は返事をしない。

妙な間が落ちた。千紘は、何事かと思って歳兵衛の顔をのぞき込んだ。

歳兵衛は目も口も開いたままで固まっていた。体が小刻みに震えている。と、みるみるうちに両目が潤み、頬がつやつやと赤くなっていった。

おお、と嘆息した歳兵衛は、節の目立つ手で己が胸を押さえた。

「何と愛らしい……！　おなごとは、かくも愛らしいまま齢を重ねるものであったか。いや、齢を重ねるごとに魅力をも重ねていけるものであるのだな！」

千紘と龍治は顔を見合わせた。何事が起こったのか、わかるようでいて、頭が追いつかない。

お光が冷静に指摘した。

「歳兵衛さま、お吉さんに一目惚れなさったんですね」

目を輝かせた歳兵衛は、勢い込んでお光に尋ねた。

「今しがたのおなごは、お吉どのというのか？」

「そうですよ。お隣の白瀧さまのとこの女中で、あたくしのお友達です。あたくしとは同い年」

「つ、連れ合いはおるのか？」

「今はお一人ですねえ。歳兵衛さまこそ、今はどうなさっているんです？」

「とっくに独り身じゃ。後添《のちぞ》えや妾も持とうと思ったこともない。儂のような年寄りには、四十までのおなごなんぞ子供と変わらんのでな」

お光は忍び笑いをした。

「老いらくの恋というものですか。四十年ぶりにお目にかかったと思えば、若さまったら、相変わらずおもしろうございますねえ」

歳兵衛は大事そうに筍の漬物を口に入れた。

お吉の作る浅漬けの中でも、筍は今の時季、晩春から初夏にかけての特別な味わいだ。歯ざわりも味も香りも爽やかで、千紘も気に入っている。

「筍の香りは、若葉の頃の野山の匂いじゃ。実によい匂いであるよ」

歳兵衛はうっとりと言った。

三

翌日の昼下がりである。

天気がよいので、千紘は日なたに盥《たらい》を出して、正宗に水浴びをさせていた。

庭で転げ回って遊ぶのが大好きな正宗は、真っ白な毛並みがすぐに土まみれになってしまう。お節介かもしれないが、千紘は正宗が汚れるたびに洗ってやりたくなる。

幸いなことに、正宗は水浴びが大好きだ。盥に水を張ってやると、はしゃいで跳ね回る。

「ほらほら、ちょっとじっとしていてちょうだい。汚れを落としてあげるから」

聞き分けのよい正宗だが、水浴び中は駄目だ。つい尻尾を動かしてしまう。そうすると、水がぱしゃぱしゃ弾け飛ぶ、たったそれだけのことが楽しくなってきて、黙ってなどいられなくなるのだ。

千紘もそのあたりのことは承知しているから、正宗の水浴びのときは、汚しても濡らしてもいいお古を着ている。

正宗が立ち上がり、四肢《しし》を踏ん張った。来るぞと察して身構えると、やっぱりそうだ。ぶるぶるっと全身を揺すって、四方八方に水のしずくを跳ね飛ばす。

「きゃっ！　もう、お仕置きするわよ！」

そうは言いつつも、千紘も怒っているわけではない。つい大きな声で笑ってしまう。人目がないのなら、正宗と一緒に水浴びをしたいくらいだ。

垣根の境から、ひょいと顔をのぞかせた者がいる。

「あのー、千紘お嬢さん。ちょいといいですか？」

寅吉である。

「あら。どうしたんです？」

「いいものをお持ちしやした」

にっと笑った寅吉は、後ろ手に何かを隠して、庭を突っ切ってきた。

千紘は立ち上がった。正宗は千紘の足元で尻尾を振り、舌を出して笑ったような顔をしている。

寅吉は、隠していたものを千紘に差し出した。一輪のあやめの花である。その青紫色が目にも鮮やかだ。

「まあ。これ、どうしたんです?」

「下っ引きの仕事で顔見知りになった花売りが、せっかくだから何か買ってかねえかって言うんで、千紘お嬢さんにと思いやして」

「わざわざ、わたしのために?」

千紘はあやめの花を受け取った。寅吉は鼻の下をしきりにこすって、赤くなった頬をごまかすように笑っている。

「わざわざも何も、その、千紘お嬢さんに喜んでもらうためだったら、このくらい何てことねえんですよ。でも、正直なところ、こんなもんじゃなくて、本当はもっといろんなことを、手前は……」

何を言ってくれようとしたのだろうか。

しかし、寅吉の言葉はそこで遮《さえぎ》られてしまった。

垣根の境から、ひょいと顔をのぞかせた者がいる。

「千紘さん、話があるんだ。ちょっといいかい？」

龍治である。

寅吉はその声に、がっくりと肩を落とした。さらに、振り返って龍治の姿を見た途端、へなへなと座り込んでしまった。

龍治は右手にも左手にも、束にした花を抱えている。いつもと変わらぬ稽古着姿だが、木刀ではなく花を手にしているだけで、何だか違って見えるから不思議だ。

身軽に近寄ってきた龍治に、千紘は戸惑いながら問うた。

「そのたくさんのお花、どうしたんです？」

「歳兵衛先生にもらった。全部、庭で育ててるやつなんだ。はい、こっちが千紘さんのぶん。俺が束ねた」

龍治は右手の花を千紘の胸に押しつけた。あやめに木香薔薇《もっこうばら》、芍薬《しゃくやく》、つつじと、色とりどりの花が愛らしい。開きかけのものが多いから、ちゃんと生けておけば長く楽しめそうだ。

「ありがとう、ございます」

千紘はお礼を言いつつも、喜んでいいものか、迷ってしまった。思わず、しゃがんでうなだれたままの寅吉を見下ろす。

寅吉は大きなため息をつくと、いじけたように龍治の袴の裾を引っ張った。

「手前は何でこう間が悪いんでしょうね」

「どうした、寅吉？」

龍治はきょとんとしている。

「せめて手前がこの庭から去るまで待っててくれてもよかったじゃねえですか。どうせ見劣りしちまうんですから」

「見劣り？」

寅吉の哀れっぽいまなざしを追って、龍治は千紘の両手にある花を見比べた。右手にあるのが、龍治が持ってきた色とりどりの花だ。左手に持ったままなのが、寅吉のくれた一輪のあやめである。

龍治もわけを察したらしい。

「すまん。わざとじゃねえんだ」

「いえ。抜け駆けしようとした手前が悪いんです。不心得《ふこころえ》なことをしでかそうとすりゃあ、罰《ばち》が当たるもんですから」

しょぼくれた寅吉の肩に、龍治はぽんと手を載せた。寅吉はますますしょぼくれる。正宗が寅吉を励ますつもりなのか、びしょ濡れの体で寅吉に抱きついた。

龍治も気まずそうだが、千紘も気まずい。結局のところ、千紘が原因なのだ。とはいっても、どうすればよかったというのか。

千紘は気を取り直して、龍治に尋ねた。

「そっちのお花は誰のためのものなんですか？」

「あ、ああ。歳兵衛先生がお吉さんに渡してくれって」

「あら、素敵。歳兵衛先生ったら本気なんですね」

寅吉が首をかしげているので、龍治が昨夕の出来事を話してやった。歳兵衛がお吉に一目惚れした一件である。寅吉は目を真ん丸にして聞いていた。

「へえ。還暦《かんれき》を過ぎた爺さん婆さんでも、そういうことってあるんですねえ」

龍治はいくぶん疲れたような顔をした。

「色恋は若者だけのもんじゃねえんだとよ。今日は延々と話に付き合わされて、さすがにくたびれたぜ。それでさ、どうしてもお吉さんと二人きりで話がしたいから、明日にでも亀戸の屋敷に招いていいだろうかって」

「お招きですか」

「亀戸までちょっと足を延ばしてくれないかって程度の誘いだよ。庭を見せたいらしい。確かに、今は本当に見事なんだよ。いろんな花がちょうど盛りで、好いた人を招きたくなる気持ちはわかる」

「そういうことね。なるほど」

「この花をお吉さんに見せて興味を持ってもらえるようなら、ぜひ誘ってほしいと頼まれた」

龍治は、束になった花を掲げてみせた。

こちらは歳兵衛が選び、形を整えて束ねたのだろう。薄紅色の芍薬を主役に、白いつつじを脇に添え、菖蒲《しょうぶ》の葉と榊《さかき》の枝で奥行きを出している。龍治が千紘に持ってきたものよりも、あしらいがお洒落だ。

さすが歳兵衛先生、と思ったが、千紘はおくびにも出さず龍治に言った。

「お吉に話してみましょう。お吉はああ見えて手厳しいところがあるけれど、歳兵衛先生のことはちっとも悪く言っていなかったわ。若さまだった頃の歳兵衛先生の話をお光さんから聞いて、楽しそうだったし」

「千紘さんからお吉さんに話してくれるか？」

「えっ、どうして？　龍治さんが話してください。何だか照れくさくて、わたしは無理です」

「俺も照れくさいんだってば」

「龍治さんが頼まれたことでしょう？　ほら、お花がしおれてしまわないうちに、早く！」

千紘が急かすのと調子を合わせるかのように、正宗が尻尾を振って、元気よく一声吠えた。

昼下がりにそんなことがあったのだと、すっかり夜が更《ふ》けてから、千紘は勇実に告げた。

千紘はもう眠るばかりに支度を整えている。勇実はまだなお読書をしていたいようで、行灯《あんどん》を手放そうとしない。

勇実は眉間をつまんで揉みほぐしながら、ほう、と息をついた。

「それで、お吉は何と返事をしたんだ？」

「今日いただいたお花のお礼もしたいから、明日ぜひうかがいますって」

「逢い引きの誘いに乗ったわけだ」

「お断りする理由もないでしょう。歳兵衛先生はあのお年だけれど、凛《りん》として格好がいいし、腕も立つし、お花のこともよく知っておられて風流ですもの」

「もしもお吉を後添いにと望まれたら、どうしたものかなあ」

千紘はちらりと台所のほうを向いた。台所の土間から続きの小部屋で、お吉は休んでいる。

「お吉が望むようにしたらいいと思うわ。家のことなら、わたしが何とかできるし」

勇実は行灯の明かりに目を落とした。考え込むような間があって、明かりを映した目を上げる。勇実は千紘を見つめた。

「おまえがいつまでもこの家のことをし続けるわけにもいかないだろう？　いつか、というよりも、さほど遠くないうちに、おまえはきっとこの家を出てよそに嫁いでいく」

どきりとした。

千紘は目を泳がせた。

「兄上さまがこれからのことを何も決めずにふらふらしているうちは、わたしは、自分勝手なことはできません。まずは兄上さまがきちんとしてください」

「ふらふらなどしていない」

「しているでしょう？　いつまで経っても独り身のままで、好きなことばかりして。いくら小普請入りの家柄でも、後を継ぐ人がいなくなったら、父上さまや母上さま、ご先祖さまに申し訳が立ちません」

勇実はため息をついた。

「そう大げさに言い立てるほどのことなのかな。人は必ず死ぬものだし、家名《かめい》にせよ国にせよ王朝にせよ、滅びるときは滅びるものだ。歴史がそれを証している」

千紘もまた、ため息をついた。浮世離れした話を始めると、勇実はとことん面倒くさい。唐土《もろこし》の歴史がどうとか、古代の誰々が何だとか、千紘が知らないことを引き合いに出して煙《けむ》に巻こうとする。

「でも、兄上さまもずっと独り身でいたいわけではないんでしょう？」

「それでもかまわないんだがな」

「嘘おっしゃい」

「本心のつもりだが」

「好いた人がいるくせに」

「男の身勝手な気持ちのままに所帯を持てるほど、武士というものの立場は軽やかではないさ」

千紘はきっとして勇実を睨んだ。

「家柄だとか立場だとかを抜きにして、相手の気持ちさえ考えないことにするならば、今すぐにでも菊香さんをここに呼び寄せたいでしょう？　片時も離さず一緒に暮らしていきたいと思ってしまっているでしょう？」

勇実は、痛みを感じたかのように顔をしかめた。

「よせ。かりそめの話でも、菊香さんに対して失礼だ」

「望んでいるから、そんな言い方になるんだわ。兄上さまは菊香さんのことを好いているのよ」

「やめろ」

「兄上さまが所帯を持ちたい相手は、菊香さんのほかにはいない。でも、この恋が叶うかどうかわからない。叶わないのなら独り身のままでいい。そう考えているんですよね？」

しばし間があった。

勇実は苦しそうに、ぽつりと答えた。

「そのとおりだ」

ようやく認めた。まなざしや態度だけではなく、言葉で認めたのだ。勇実は菊香に懸想《けそう》している。願わくは一緒になりたいと渇望《かつぼう》している。

勝ち誇った気持ちになるかと思いきや、千紘は、悔しいと感じている自分に気がついた。なぜだろう。親友を勇実に奪われるのが悔しいのか、それとも、兄を菊香に取られるのが悔しいのか。

胸の中がぐちゃぐちゃになる。

勇実が顔を背《そむ》けた。

「おまえはもう寝なさい」

行灯と書物を持って、勇実は衝立《ついたて》の向こうへ行ってしまった。踊るように伸びて揺れる影に、千紘は声を掛けた。

「おやすみなさい」

「ああ、おやすみ」

狭い屋敷ではあっても、障子や衝立で遮れば、すっかり闇が垂れ込める。布団に入った千紘には、勇実の行灯の明かりがひどく遠く見えた。

花が、暗闇の中で甘く香っていた。

四

お吉の装いはいつものとおりだった。くすんだ茶色の滝縞《たきじま》の単衣《ひとえ》に、苔色《こけいろ》の帯である。巾着から草履《ぞうり》の鼻緒まで、きわめて地味な色ばかりを取り揃えている。

「もうちょっと華やかな色を差してもいいと思うわ」

千紘が意見しても、お吉は聞き入れなかった。

「あたしのような者には、このくらいがちょうどいいんですよ」

お吉は勇実の昼餉をお光に頼むと、亀戸を目指して歩き出した。

その後ろ姿を、千紘とお光は門のところで見送った。お光はにまにまと楽しそうに笑っている。

「さて、どうなることでしょうねえ」

「心配だわ。お吉は落ち着いていたけれど」

「そりゃ、若い娘ではありませんもの。胸の内がどうあれ、落ち着いたふりはできますよ」

ちょうど入れ違いで、心之助が正宗を連れてやって来た。お吉の顔も覚えているようで、すぐそこで立ち話をしてきたよ、と言った。

「ところで、龍治さんから、今日は留守にするから道場のほうを頼むと言われているんだが、どこ出掛けるんだい？　千紘さんも一緒に行くんだろう？」

心之助のにこにこした顔を見上げ、千紘は渋い顔をしてみせた。

「逢い引きなどではありませんから」

「私は何も言っていないよ」

「顔に書いてあります。からかおうったって、そうはいきませんから」

千紘がつんつんしてみせても、心之助には効き目がない。心之助は真綿のような男で、よほどの相手でない限り、攻撃されてもやんわり受け止めてしまうのだ。

このところ、心之助は子供相手の剣術指南の師匠として名が高まっている。正月一日に井手口家で決闘騒ぎを起こした松井家の子息たちは、いずれも利かん気の強いわがまま坊やだが、心之助の言うことはよく聞いている。それが評判になっているらしい。

龍治に道場の留守を任されたということは、心之助は出稽古がない日なのだろう。正宗も今日は主《あるじ》の心之助と一緒にいられるのがわかっているらしく、嬉しそうだ。

龍治が表に出てきた。あら、と千紘は目を見張った。

「稽古着ではないのね」

日頃の龍治は稽古着しか身につけない。稽古着は、肘《ひじ》や膝のところを表からも裏からも布を当てて頑丈にしてある。しょっちゅう洗うせいで色などとっくに褪《あ》せていて、洒落っ気など一切ない。

だから、たまにまともな格好をするだけで、龍治はずいぶん違って見える。きりりと引き締まった印象になるから、四つも年上の大人の男だということを、千紘は急に思い出してしまう。

龍治は顔をしかめた。

「朝稽古の後、ひとっ風呂浴びて着替えてきたんだよ。それとも、この格好、何か変か？　俺は流行《はや》りなんてわからねえし」

「変ではないけれど。珍しいと思っただけです」

「いや、せっかく出掛けるわけだからさ」

「出掛けるときも稽古着ばっかりだったのに。どういう風の吹き回しかしら」

龍治は不服そうに唇を突き出したが、気を取り直すように頭を振った。

「まあいいや。行こう。中田家の下男や女中に頼んで、庭にこっそり入れてもらえるよう、手筈《てはず》は整えてあるんだ」

千紘はもちろんのことながら、龍治も歳兵衛とお吉の逢い引きの行方《ゆくえ》が気になっているらしい。千紘が何か言い出す前から、様子を見に行こうと提案してきた。

お光と心之助と正宗に見送られ、千紘は龍治と共に出立《しゅったつ》した。

男女が連れ立って歩くのは、本当は誉められたことではない。隣に並ぶのは気が引ける。少し先を歩く龍治に、千紘がついていく。

不意に龍治が振り向いた。

「あんまり離れるなよ。亀戸のほう、千紘さんは慣れてないだろ。はぐれたら困る」

「はぐれません」

「俺が歩くのが速すぎるか？」

「速すぎはしないけれど……でも、早足で歩いたら、お吉に追いついてしまいますよ。それに……」

「それに？」

「だって……」

ためらう気持ちが、千紘の胸にある。

龍治はきょろきょろと周囲を見回した。

横川《よこかわ》に架かる北辻橋《きたつじばし》を渡って、東に来たところだ。

千紘が普段行き来する場所はすべて、横川よりも西側にある。このあたりも本所の一角で、武家屋敷が並ぶ様子は白瀧家の近所と大差ない。しかし、ここらに住む知人もいない。

いきなり、龍治が千紘に手を差し出した。

「手」

「え？　何？」

訊かずともわかっている。だが、思わず訊いてしまった。

「だから、はぐれないようにだよ」

人出の多い両国橋《りょうごくばし》ならいざ知らず、何を言っているのか。行き先だって、おおよそわかっている。手などつながなくても、こんなところで、はぐれるはずもない。

千紘は黙って、龍治を上目遣いに見た。

龍治はちらりと目をそらしたが、すぐに千紘を見つめ返し、千紘の手首をつかんだ。行こう、と千紘を促して歩き出す。

千紘は龍治に引っ張られるようにして歩を進めた。足下がふわふわするような心地だ。

龍治は前を向いたまま言った。

「小さい頃の千紘さんは、競争するみたいに、俺より前を歩きたがった。いつの頃からか、俺が隣に並んでも、ぱっと駆けていかなくなった。で、近頃はまた、俺の隣に並ぼうとしない。勝手に先へ先へ行くことも少なくなった」

「それが何だというんです？」

「昔はさ、ぱっぱと歩いて先のほうまで行っちまっても、すぐ振り向いて、遅い、早く来てって呼んでくれただろ。隣を歩くときは、やかましいくらい、ああだこうだと俺の着物に文句をつけたりして」

「お節介で悪うございました」

龍治は振り向き、千紘の腕をちょっと引っ張った。

「悪くねえんだってば。千紘さんはお節介でいいんだよ。何でここを歩かないんだよ」

ここ、と言いながら龍治の目が示すところは、隣だ。龍治と肩が触れそうなほどのすぐそばだ。

「そんなの、武家の娘がすることではないでしょう？　本当なら、お供も連れずに出歩いたり、外で働いたり買い物をしたり、ましてや男の人と並んで歩くなんて、ふさわしくないことのはず」

「いつの頃の、どこのお姫さまの話だよ。千紘さんも俺も、そういう育ちじゃねえだろう。並んで歩くくらい、なぜいけないんだ？」

「でも、やっぱり、外聞《がいぶん》のいいことではないはずです。誰かに咎められるかもしれないわ」

千紘は離れようとした。が、少し揺すったくらいでは、龍治の手はびくともしない。千紘は龍治の隣を歩かざるを得ない。

「一昨日も千紘さんは、すりに遭っただろう。歳兵衛先生のおかげもあって、何事もなくて済んだけど、俺は話を聞いてぞっとしたぞ。手の届くところにいてくれよ」

「大げさに心配しすぎです」

「何とでも言ってくれ。いや、心配なのも本当だけど、それだけじゃないよな。もっと簡単な話なんだ。俺はただ……」

言葉を探すように、龍治が少し黙る。舌先で唇を湿して、龍治は再び口を開いた。

「俺は、千紘さんの顔が見えないと、不安になる」

不安とは、龍治に似合わない言葉だ。だが、その言葉に嘘はないようだった。途方に暮れたような色が龍治の目の中にある。

千紘は、ぷいと前を向いた。

「勝手にしてください」

心の臓がさっきから騒がしい。この音が聞こえてしまいませんようにと、千紘は祈っていた。

あ、と龍治が声を漏らした。

「千紘さん、間違ってたら悪いんだけど、その着物、今年新しく仕立てた？」

遠目にはただの亜麻色《あまいろ》に見える小袖だ。が、近寄ってよく見れば、赤みのある地に、細かな南天《なんてん》の文様《もんよう》が白く染め抜かれている。

古着屋で見つけて一目惚れした着物だった。もとは高価な着物だったようだが、色落ちや染みがあるから安く売ってもらえた。きれいでないところは、うまくごまかして仕立て直してある。

「そう、新しくしたの。よく気づきましたね」

ふわっと熱が頬に触れた気がして、千紘は横目で龍治を見た。龍治は得意そうに笑っている。頬に感じた優しい熱は、龍治の笑顔のせいだ。

「似合ってる」

「あ、当たり前ですっ」

似合うかどうか、一生懸命に選んで見極めたのだ。帯も片っ端から合わせてみて、いちばん映える色をお吉と一緒に吟味《ぎんみ》した。

そのことに龍治が気づいてくれた。

ほんの些細《ささい》なことなのに、千紘は、舞い上がりそうなほどに嬉しかった。

本所亀戸町は、俗に天神町《てんじんちょう》とも呼ばれている。菅原道真《すがわらのみちざね》を祀《まつ》る亀戸宰府天満宮《ざいふてんまんぐう》のお膝元なのだ。学問成就《じょうじゅ》にご利益《りやく》があるというこの天満宮は、梅や藤の名所としても人気が高い。

ちょうど藤の季節である。振袖姿でめかし込んだ娘たちの姿が、参道のほうにちらほらと見える。

両国橋からほど近い本所相生町よりも、亀戸の街並みはゆったりしている。田畑もあれば木立《こだち》も残っており、屋敷や寺社の敷地も広い。

初夏の風の匂いは、若葉の香りが濃い。何かの匂いに似ている。胸がくすぐったくなるような、何かの匂いに。

千紘は、その正体にすぐに気づいた。

龍治さんの匂いだわ。

肌の匂いなのか何なのか、よくわからない。もしかしたら、若葉の萌《も》える初夏というものが、潑剌《はつらつ》とした龍治を思わせるだけかもしれない。

でも、一度そうだと認めてしまうと、頭から離れない。

若葉の匂いの香る風に包まれているのは、まるで、龍治にふわりと抱き締められているようで、胸が騒いで仕方がない。

千紘はすっかり黙ってしまった。

龍治もまた黙っていた。何か考え事でもしていたのかもしれない。中田家の屋敷に近づいてから、龍治は口を開いた。

「こっちだよ、千紘さん。裏の勝手口から入る手筈になってるんだ」

その勝手口のすぐそばで、龍治はようやく手を離した。

龍治の手の力は、少し痛いくらいだった。案の定、千紘の手首には、うっすらと赤く指の痕《あと》が残っている。千紘はその赤い痕を袖の内側に隠した。

中田家の下男《げなん》は四十絡みのいかつい男だ。いい年のくせに、龍治と下男は、いたずらを企てる悪童のような顔で笑い合った。

千紘と龍治は、下男が教えてくれたとおり、梅の木やつつじの生け垣に隠れながら庭の中へ進んでいった。

去年ここに梅を見に来たとき、凝った造りの庭だと思った。小さな丘や池が設《もう》けられ、目隠しの垣根もあちこちにある。道が曲がりくねって、見通しが利かないぶん、広く奥行きのある庭に感じられるのだ。

千紘は、身を低くした龍治の後ろについて歩いていた。

大きな南天の木の陰で、二人揃って足を止める。幹の陰からそっとうかがうと、藤棚の下に歳兵衛とお吉がいた。緋毛氈《ひもうせん》を敷いた床几に腰掛けている。

真っ白な藤の花は満開である。藤棚の周囲には、これもまた真っ白な卯の花が咲き乱れている。

歳兵衛は己の白髪を指差した。

「松尾芭蕉《まつおばしょう》の門人の河合曾良《かわいそら》は、卯の花を老いた武者の白髪になぞらえて、俳諧を詠んだという」

お吉がその俳諧を諳《そら》んじた。

「卯の花に兼房《かねふさ》見ゆる白毛《しらが》かな、でしたかしら。奥州平泉《おうしゅうひらいずみ》を旅したときに、源《みなもとの》九郎義経《くろうよしつね》の忠臣、増尾《ますお》兼房を偲んで詠んだのですよね」

「おお、知っておったか。同じ景色を見て、芭蕉はこう詠んだ。夏草や兵《つわもの》どもが夢の跡、と。義経が奥州藤原《ふじわら》氏の裏切りに遭い、散っていったその地に、ただ青々とした夏草が茂っている。寂しくも美しい地であったのじゃろう」

「遠い地の景色を詠んだ俳諧や歌を知ると、旅というものをしてみたくなりますね」

「お吉どのは江戸の生まれか？」

「はい。生まれも育ちも江戸で、よそへ出たことは一度もございません。十五の頃にご縁があって、お武家さまのお屋敷に仕えるようになって、今までずっと女中の仕事だけをしてまいりました。世間知らずでございますよ」

お吉がもともと仕えていたのは、千紘の母の家だ。母が白瀧家に嫁いでくるとき、一緒にやって来た。

気立てのいいお吉のことだから、若い頃には縁談もあったのではないか。千紘はそう訊いてみたことがある。お吉はただ笑って、どうでしたかしら、と答えた。

歳兵衛とお吉の間に、お茶の用意がある。茶請けのお菓子は、あずきどうふだ。沈黙を埋めるように、歳兵衛があずきどうふに手をつけた。

千紘は龍治に耳打ちした。

「あのあずきどうふ、お吉が作ったものよ。昨日ちょうど小豆《あずき》を煮ていたの」

「ちょっと塩を効かせた、いつものやつか。うまいもんな」

「ええ。歳兵衛先生も甘いものが好きとおっしゃっていたから喜ぶはずよって、おみやげに持たせたんです」

「そりゃあ、あっという間に骨抜きにされちまうぞ、歳兵衛先生」

歳兵衛は感嘆の声を上げた。

「昨日の筍の漬物も美味であったが、このあずきどうふもまた、うまいのう。お吉どのは料理上手だ」

「恐れ入ります」

「知れば知るほどに、あなたに惹かれていく。まいったのう。儂はのぼせ上がって、いかんともしようがない。笑うてくれ」

千紘は、驚きの声を上げそうな口を手で覆った。今の口ぶりだと、歳兵衛はすでにお吉に想いを告げているらしい。お吉は常と変わらぬ様子で、微笑んで歳兵衛の言葉に耳を傾けている。

龍治は、すっぱいものでも食べたような、何とも言いがたい顔をしている。

「見てるだけ、聞いてるだけで、むずがゆくなってくるな」

「何だかいい感じですよね」

「口吸いでも始めたらどうしよう？」

「やめて。それは見ちゃ駄目です」

歳兵衛もお吉も、しばしの間、口を開かなかった。沈黙はしかし、気まずいものではないようだった。

鶯《うぐいす》や目白《めじろ》のさえずる声が聞こえてくる。

お吉は藤の花を見上げ、卯の花に微笑み、梅や松、足下を彩る小さな花々にまで目を向けた。

「本当に素敵なお庭ですこと」

歳兵衛はかぶりを振った。

「何の何の。儂が草木や花と向き合うようになって、たかだか十年かそこらじゃ。隠居して亀戸に越してきて、いっとき腕を痛めてのう。武術の鍛錬ができなんだ折に、ふと思いついて花を植えた。それから見よう見真似で庭いじりをするようになった」

「十年も続けていらっしゃるなら、もう素人《しろうと》ではございませんよ。十年という年月は短くありません。子供が大人になってしまいます」

「たかだか十年では、年寄りは白髪と皺が増えるだけじゃがのう」

「そうありたいと思っております。いつまでも足腰の立つ、元気な年寄りでいとうございますね」

「先のことはわからぬが……のう、お吉どの」

「はい」

「この庭を半分、もらってはくれんか？」

少し、間があった。

「庭を半分、でございますか」

歳兵衛はうなずき、ゆっくりと動いて、お吉の手を取った。お吉は目をそらさず、歳兵衛を見つめ返している。

「いや、言い直そう。儂のこれからの人生を半分、お吉どのに差し上げたい。儂は、若い頃から武術馬鹿と呼ばれてきた、さほど賢くもない男じゃ。こんな老いぼれの人生の半分など、お吉どのの重荷にしかならぬやもしれんが」

お吉は静かにかぶりを振って、歳兵衛の言葉を押し留めた。

「あなたさまのお気持ち、大変嬉しゅうございます。あたしのような者の身には過ぎるほどのお申し出をいただいて、幸せで胸がいっぱいでございます。けれども、今すぐお受けするわけにはまいりません」

「うむ。そうであろうな」

「坊ちゃまとお嬢さまのことが気掛かりなのです。亡くなられた旦那さまとの約束もございます。自分に何かあったときは二人を頼む、と言いつかっておりましたので」

「そうか」

歳兵衛はお吉の手を取ったまま、目を伏せた。お吉は歳兵衛のまなざしをすくい上げるように、その顔をのぞき込んだ。

「ですから、勇実坊ちゃまと千紘お嬢さまがそれぞれ一人前になって、己の人生を確かに歩み始めたならば、そのときに、また同じお言葉をお聞かせ願えますか？　もしもそのときまで、あなたさまのお心がお変わりなければ」

歳兵衛の目が輝くのがわかった。歳兵衛は、この上なく晴れやかな顔で微笑んだ。

「そのときには、必ずやお吉どのを迎えに参じよう。心変わりなどあるものか。お吉どのこそ、この老いぼれを嫌いにならんでくれよ」

お吉はうなずいて、歳兵衛に顔を寄せると、何事かをささやいた。

千紘たちのところには、お吉の声は届いてこなかった。ただ、それを聞いた歳兵衛がいとおしそうにお吉の手に唇を寄せたので、千紘は頰が熱くなった。ちらりと見やれば、龍治も耳まで赤くなっていた。

その日の昼過ぎに、お吉は白瀧家の屋敷に帰ってきた。朝は飾り気のない櫛《くし》を一つ挿すだけだった髪に、卯の花を挿していた。

珠代もお光もことの次第を知りたがり、根掘り葉掘りと詮索《せんさく》した。お吉は隠すつもりなどないようで、すべて正直に答えていた。

歳兵衛もまた、実に堂々としたものだ。その日以来、お吉の顔を見るために、しょっちゅう訪ねてくるようになった。ついでに矢島道場で汗を流していく。道場の門下生や勇実の筆子たちには、お吉が自分の許婚《いいなずけ》であると言いふらしている。

「悪い虫が近寄らんようにと思ってのう」

冗談なのか本気なのかわからない顔で、そんなことをのたまうのである。

お光は半ば呆《あき》れている。

「そんなにお吉さんと一緒になりたいのなら、勇実さまや千紘さまのことなんか待たずに、お吉さんをさらっていっちまったらいかがです？　悠長《ゆうちょう》なことを言ってると、あの世からのお迎えのほうが先に来てしまいますよ」

遠回しに責められているようで、千紘としては何だか気まずい。

でも、このところ、ほんの少し何かが変わってきたように感じられる。龍治が千紘にだけ声を掛けてくれるのだ。

「なあ、千紘さん。今年の川開きは、二人で出掛けようぜ。勇実さんはどうせ人混みを嫌うだろ？」

いたずらっぽい顔をして、そうすることがさも当然であるかのように、龍治は言う。

けれども、千紘は気づいている。

「そうね。兄上さまには声を掛けるだけ無駄な気がするわ」

「じゃ、決まりだな。あと一月《ひとつき》ちょっとで川開きか。そろそろ暑くなってきたのも道理だよなあ」

　暑い暑いと、龍治は掌で顔をあおいでみせる。何でもないふりを装っている

が、ぷいとあちらを向いた耳が、実は真っ赤になっている。

　人混みに出掛けるときは、今度こそちゃんと手をつないでくれるだろうか。照

れをごまかすように手首をつかむのではなく。少し痛いくらいの力で、決して離

さないように、ぎゅっとこの手を。

　初夏の風を胸いっぱいに吸い込んでみる。

　青くさくて爽やかな若葉の香りに、千紘の胸の奥がくすぐったくなる。泣き出

したいような、笑ってしまいそうな、不思議に甘い心地だった。

この作品は双葉文庫のために書き下ろされました。

双葉文庫

は-38-06

拙者《せつしゃ》、妹《いもうと》がおりまして❻

2022年7月17日　第1刷発行

【著者】
駆月基矢《はせつきもとや》

【発行者】
箕浦克史
【発行所】
株式会社双葉社
〒162-8540 東京都新宿区東五軒町3番28号
［電話］03-5261-4818（営業部）　03-5261-4833（編集部）
www.futabasha.co.jp（双葉社の書籍・コミックが買えます）
【印刷所】
中央精版印刷株式会社
【製本所】
中央精版印刷株式会社

【フォーマット・デザイン】
日下潤一

ISBN978-4-575-67119-3 C0193
Printed in Japan